夢の途中

一ノ井亜蛮
ICHINOI ABAN

幻冬舎 MC

夢の途中

この物語の主人公の名は五所川原《ごしょがわら》高志《たかし》。

御年五十二歳。

三歳年下の妻・沙優里《さゆり》と、一月に二十六歳になった長男・悟志《さとし》、五月で二十五歳になる長女・優里香《ゆりか》の四人家族だ。

高校生活の三年間は美術部に所属していた五所川原。

そんな五所川原が高校一年生の時、五所川原が通っていた高校の近所に住んでいた中学一年生だった沙優里が、高校の学園祭に遊びに行き、沙優里が一目惚れしたのが二人の出逢いだ。

その年、沙優里は何のアピールも出来なかったのだが、翌年の学園祭にも沙優里は出かけていき、一年間あたため続けた思いのたけを思う存分にぶつけた猛アピールの末に、五所川原とデートの約束を取り付け、二人の交際がスタートした。

身長百六十八センチ、体重六十九キロ、和風の顔立ちでどこにでも居そうな標準タイプだが、見た目におっとりしていそうで優しそうなそのルックスはかなり沙優里の好みだった。

よく言えば控え目な性格の五所川原は、沙優里の尻に敷かれるタイプの男であった。

そんな五所川原だが、取り分けこれといって夢中になるほどの趣味はないが、何にも興味を示さない、というわけではない。

高校二年生の時にはバイクに興味を持ち、その年の夏休みに普通二輪の免許を取得し、沙優里とのデートに二人乗りで出かけたりしていた。

また、高校卒業後に車の免許を取得し、沙優里に誘われるがまま、海に山にデートに出かけたりしていたのだ。

しかし、結婚を機に出かける機会は激減していった。

子供達が小学校低学年の頃までは、学校行事にはよく顔を出していた五所川原であったが、悟志が五年生に上がった頃から顔を出さなくなっていた。

色々な事に興味を持ったりしては趣味として何となく始めてはみる五所川原だが、バイク以外は長続きしたものがないのである。

結果、休みの日は家でゴロゴロ。

特に家事を積極的に手伝ったりするわけでもなく、積極的に子供達の面倒を見たりするわけでもなかった。

妻の沙優里いわく「結婚する前は、もっとアウトドアな人かと思ったのに。休みの日も家でゴロゴロ。子供達の相手もしてくれない。ガッカリだわ。つまんない人」

どうやら妻には、ほとほと愛想を尽かされているようだ。

子供達も、そんな父親に興味を示さなくなり、話もしなくなって幾久しい。

必然、五所川原の居る場所はこの家の中にはなくなり、定年を迎えたら熟年離婚をされる未来が容易に想像出来る。

そんな状況を肌感覚で理解している五所川原は、独り暮らしになっても困らないよう、自分の身の回りの事は自分で出来るように最近、洗濯や炊事などに挑戦し始めた。

趣味についても、三十代の頃に手放してしまったバイクを、十五年振りくらいに買ってみた。

以前五所川原がちょっとした事故を起こしたのをきっかけに、バイクに乗る事を猛烈に反対していた家族であったが、もう関係ないやと思われているのか？　みんな知らん振りだ。

今まで趣味で大した浪費をしてこなかった五所川原、二百五十ＣＣの、中古のバイクならキャッシュで買える程度の貯金を持っていた。

五所川原はバイクが納車になった日、インターネットでバイクのサークルを検索し、入会をした。

そのバイクサークルには、ＩＴ関係の仕事をしている人、建築業の人、公務員の人など様々な人がいた。

中でもサークルの主催者の、運送業で大型トラック運転手、四十三歳の小倉直哉《おぐらなおや》の話は五所川原にとってはとても魅力的だった。

配送に行った時の話などを色々聞かせてくれるのだが、これが五所川原の心を大いにときめかせた。

工場勤務で、毎日変わらぬ、同じ景色の中で働き続けている五所川原には、彼の話は新鮮そのものだったのだ。

「いやあ、小倉さんの話は実に面白いです。マンガになりそうですね」五所川原は、小倉に思わずそう言っていた。

「ホントですかぁ～？　トラックドライバーをしていれば、これくらい当たり前の毎日ですよ？」

「私は、三十年以上ずっと工場勤務だったので、仕事で色々な所に行けるのが羨ましいですよ。ほんと、マンガにしたらきっと面白いですよ」

「なら、五所川原さんが俺の話をマンガにしてくださいよ。俺、絵が下手だし、文章を書くのはもっと苦手だし」

「実は、私も絵は苦手なんですよ」

「あれ？　五所川原さん、確か以前美術部だったって言ってませんでしたっけ？」

「あ～、私、運動部に入りたくなくて美術部を選んだんですよ。どこかの部活に所属していれば断りやすいですからね。学園祭の時は仕方がなく参加してましたが、部活にはほとんど出てませんでした。だから絵なんてほとんど描いた事がないし、そもそもが全くのへったくそで、人様に見せられたもんじゃ……。あ、でも文章だけなら書けるかも。小説ならば書けるかもしれません」

「お～！　頼もしい。是非お願いします。出来上がりが楽しみです」小倉とのそんなやり取りから、五所川原は小説を創作し始めた。

しかしプライベートでは、生まれてこの方マンガしか読んだ事のない普通のおじさんなので、執筆は見様見真似で必死だ。

『小説なんて初めて書くし、思い起こせば学生の頃に書いた作文だって、褒められた事など一度もなかったな』

バイクサークルのツーリングがある毎に参加しては、小倉から色々と聞き取りをして作品を書いていった。

しかし、小説に費やせる時間は工場勤務が終わった後か日曜日と祝祭日だけ。

執筆の為だけに買って来たノートパソコンの出番は少なかった。

それでも、プライベートな時間をほぼ費やして、何とか四か月ほどで約五万文字程度の中編小説を書き上げた。

「初めての執筆なので出来は良くないですが、話の内容は自分では面白いと思うんですよね」五所川原は、執筆を終えた直近でサークルのツーリングに参加した時に、小倉に小説を書き上げた事を伝えた。

「わ！　スゲー！　五所川原さん、ホントに書き上げちゃったんですね」

「何とかかんとか出来ちゃった感じなんですよ……。気付けば五万文字程度になってまして」と言いながらも、五所川原はまんざらでもない気分だった。

「おお！　五万文字ですか！　頑張っちゃいましたね」小倉が五所川原に尊敬の眼差しを向ける。

さらに気を良くした五所川原は言った。

「小倉さんに是非読んで頂きたい」

「今はツーリング中なので読めませんが、必ず読みます。感想も送りますよ」

「無料で読めるこの小説投稿サイトに投稿してますから、仕事で待機時間が長くなった時など、暇潰しに読んでくださいね」

五所川原は、自身が投稿した小説サイトを記したメモを小倉に渡した。


それから一週間後。

バイクサークルのグループラインに〈小説の投稿サイトに掲載されている、月夜野《つきよの》晩爺《ばんじい》さんの小説面白いです。サークル仲間の五所川原さんの作品ですよ。無料なのでみんな読んでみて〉とのメッセージが小倉から、小説投稿サイトのリンクと共に寄せられた。

【月夜野晩爺】とは、五所川原が小説を書く時のペンネームである。

この事をきっかけに、バイクサークルのメンバー全員が五所川原の小説を読み、グループラインにメッセージを寄せた。

〈粗削りだけど面白かった〉〈そんな結末だとはねぇ、お釈迦様でも気付くめぇ〉〈物凄い想像力です。こんなタイムスリップならオイラもしてみたいな。あ、でもその代償がねぇ……〉などなど、おおむね好意的なメッセージばかりだった。

そんなメッセージの中に〈面白い小説が出来たのだから、どこかの出版社のコンテストに応募してみたら？〉というものがあった。

五所川原は『滅相もない』と思いながらも『ひょっとする事もあるかも。ちょっと挑戦してみるのも面白いかもな』と、コンテストの応募に色気を出していた。

『まぁ、そうそう賞が取れるわけないだろうけど』そう思いながらも、五所川原はネットで見つけた某大手出版社主催の、締め切り間近のコンテストに小説を応募した。

そしてその事を、サークルのグループラインに投稿した。

五所川原が、某大手出版社のコンテストに作品を応募してから半年後。

出版社発表の、コンテスト入賞者の名簿の中に【月夜野晩爺】の名前はなかった。

『まぁ、当然だよな。コンテストにはプロ並みの人も大勢応募してくるのだろうから』

しかし、頭ではそう理解しながらも、心中ではやはり少々悔しい思いをしていた。

それから数日後のある日の昼休み、五所川原のスマホに電話がかかってきた。

「五所川原さんのお電話でよろしいでしょうか？　私、作品をご応募頂いた出版社の、出版担当の者で小林と申します。突然のご連絡失礼致します。大変失礼かと存じましたが、ご応募頂いた際の情報を元にお電話させて頂きました。今、お時間少々よろしいですか？」

五所川原が小説のコンテストに応募したのは、日本人ならほぼ知らない人はいないだろうという某大手出版社。

『そんな大手出版社から直接、電話がかかってくるなんて』

自分の個人情報が流出してしまったのか？　そんな不安感が一瞬、五所川原の脳裏に浮かんだ。

不審に思いながらも五所川原は、相手が某出版社の関係者であると自己紹介したので、話だけでも聞いてみようと「はいそうです。間違いありません。十三時までは昼休みなので、その時間までなら大丈夫です」と答えた。

「今回は当出版社のコンテストにご応募頂きありがとうございました。残念ながら賞は逃してしまったのですが、ご応募頂いた作品の品評についてですね。十人の審査員の内、三人がかなりの高評価をしておりまして。審査員のコメントを読んで私自身、五所川原さんの作品に大変興味を持ちまして、五所川原さんの作品を読ませて頂きました。感想を率直に申し上げまして、セリフの言い回しや自然な会話の流れなどは、初めて小説を執筆された方とは思えない仕上がりでした。中でも、私がこの作品で最も惹かれた部分は、ラストのどんでん返しです。それまでのストーリー、その全てを否定するような覆し方、その手法は目を見張るものがありました」

矢継ぎ早に話をする、小林と名乗ったその者の話に五所川原は「ああ、はい。そうですか。はい、ありがとうございます」と気のない受け答えをしていた。

そんな五所川原を気にも留めないように小林は話し続ける。

「それでですね。今回ご応募頂いたこの作品なんですが、自費出版という形にはなってしまいますが、是非当社から出版してみませんか?という事になりまして」

「自費出版というと、結構なお金がかかりますよね?」

小林が、五所川原が小説を応募した大手出版社の関係者を名乗っているとはいえ『そんな美味い話がそうそうあるもんか』と疑ってかかっていたので、五所川原は思わずそう口にしていた。

「はい。自費出版ですので、その部分は正直申し上げまして、どうしてもご負担して頂く事となります」

「魅力的なお話とは思いますが、自費出版の費用を簡単には捻出出来そうもありませんし、出版に関しては、今はちょっと考えておりません」懐疑的な気持ちが晴れない五所川原は、断りの返事をしていた。

「そうですか。とても残念です。それではですね、今回せっかくのご縁ですので、当社自費出版に関するご案内などが載った冊子を、ご応募の際にお知らせ頂いたご住所宛に送付させて頂いてもよろしいですか？」

『そのくらいなら問題ないだろう。何かおかしな点があったら無視すればいいんだし』そう思った五所川原は「はいどうぞ、よろしくお願いします」と返答をした。

一週間後、届いた冊子に同封されていた名刺に書かれている出版社の住所と電話番号を、インターネットで自分がコンテストに応募した出版社の住所と電話番号と照らし合わせて確認をする五所川原。

『同じだなぁ。という事は、大手出版社に私の作品がある程度認められたって事か？』

まだ実感がわかなかったが、詳しい話を聞くべく、五所川原はネットで検索した方の電話番号に電話をし「小林さんいらっしゃいますか?」と問い合わせをした。

初めての経験なので、分からない事や不安な事もあったが、こうして五所川原の小説は出版に向け動き始めた。

五所川原は、初めて書いた自身の小説が実物として残る紙媒体での出版を希望したが、最終的には印税率が魅力的な電子版での出版を選んだ。

出版に向けた改稿作業も、五所川原にとっては初めての経験だったので、とても新鮮な感覚だった。

『有名な小説家も、こうやって作業をしてるのかな』

そんな事を考えると、自分もいっぱしの小説家になった気分になる五所川原であった。


約十か月後。

五所川原が五十四歳の一月末日、月夜野晩爺の処女作が電子版で出版された。

出版された当初、ひと月で三件と、ほんの僅かながらダウンロードされてはいたが、売り上げは伸び悩んでいた。

そんな五所川原の作品だったが、あるラジオ番組で、小説好きで有名な大物俳優に「この作家さんの名前は初めて聞くリスナーさんがほとんどだと思うんですが、月夜野晩爺さんの【F　~ビヨンド・ザ・サクセス~】ってタイトルの小説が何気に面白いんですよ」と紹介されたのをきっかけに、瞬く間に話題作となり、一か月で約二万ダウンロードを記録した。

そう、最初のひと月目では三件しかダウンロードされなかったのだが、その内の一件はこの大物俳優のダウンロードだったのだ。

五所川原の作品は、読んだ人達が投稿した口コミで、ラジオを聴いていなかった人達にも知られるようになり、さらに売れ行きを伸ばした。

そしてさらに、この作品が映画化されるのを記念して、五所川原が望んでいた紙媒体での発行が決定し、こちらは劇場限定で販売されたにもかかわらず、初版の一千部があっという間に完売した。

映画も大盛況で、後に、この年の日本映画興行収入ランキングでトップテン入りの成績を残す事になる。

その事で、電子版の売り上げはさらに伸びていった。

『何だか、今の状況は現実とは思えないよな』直木賞候補にもなったが、残念ながら直木賞は取り逃した。

そう、五所川原は小説を書いた事で、自身の人生を一変させたのだった。

その頃から沙優里の、五所川原に対する接し方があからさまに変わった。

急に優しくなったのだ。

『潮時かな』

沙優里との離婚を決意した五所川原は、以前サークルのツーリングで訪れた時、自然豊かな土地柄と広々した景観に感動して、チャンスがあったらいつかここに引っ越したいと思っていた静岡県富士宮市に四百六十坪を超える土地が格安で売りに出されているのを見つけ、沙優里に内緒で購入した。

そしてその土地に、これも沙優里には内緒で建築依頼をした家が完成する頃を見計らって、沙優里と協議離婚をし、長年勤めた会社を退職して引っ越しをした。

人口密度がかなり高く、住む家も狭小な東京で生まれ育った五所川原にとって、静岡県富士宮市はかなり魅力的な引っ越し先だった。


五所川原が建てた家は完全注文住宅で、時間も費用もそれ相応にかかったが、全てが五所川原の考えた通りの造りとなっていて大満足だ。

その家の外観は、建築面積百坪程度の平屋に見えるが、地上階の半分の平面積を持つボトムフロアを備えていた。

建物正面中央にある玄関ドアを開けると、フロアの真ん中に廊下があるという造りになっているのだが、左手には何の間仕切りもないリビングダイニングがいきなり現れ、その存在感を示すのであった。

このリビングダイニングは、玄関を入ると六人掛けのテーブルが二脚並ぶホールになっていて、その奥がキッチンという造りになっているのだが、中でも目を見張るのは、玄関とバリアフリーになっていて、一瞬レストランにでも来たかのような錯覚に陥るその造りに対するこだわり方だ。

リビングダイニングのさらに奥、そこにはトイレがある。

玄関の右側は壁と引き戸で仕切られていて、玄関からは中がどうなっているのかうかがい知れないようになっている。

手前の引き戸を開けてみると、十二畳ほどの広さがある仕事部屋。

その奥、二メートルほどの幅がある、ドアノブのない扉が設置されている壁を挟んでその隣の引き戸を開ければ、洗面所と洗濯スペースとなっている。

洗面所のさらに奥は、四畳半ほどの広さの浴室が設置されていた。

仕事部屋と洗面所を仕切っている壁にある扉を押し開けると、地下へと続く階段があり、それを降りていった先のボトムフロアには、真ん中に廊下、廊下の右に冷蔵庫を備えたカラオケルームと、左にトレーニングルームの二部屋といった造りになっていて、二部屋共に独立した空調設備を備えていた。

カラオケルームはシアタールームも兼ねていて、音響設備はもちろんの事、六十インチの四Kモニターが設置してある。

『録り溜めた映画なんかを、のんびり観れたら良いな』などと思う五所川原であった。

ボトムフロアの廊下には、地上階からの階段の反対側に、火事などの非常時に地上に出る為の非常扉が設置されている。

この非常扉は内側だけにカギが付いているので、外からの侵入は出来ないようになっているが、最悪の場合は救急隊員や消防隊員が救助に入れるようなシステムが、仕組みは明かせないが備わっていた。

さらにこの建物には外階段が、正面玄関のある面の真裏にあたる部分の壁に設けられており、屋上に上がれば視界を遮るものがないので、晴れた日には富士山が一望出来た。

車がないと生活が不便ではあるが、のどかな雰囲気が大のお気に入りだ。

そんな生活環境なので五所川原は、引っ越してすぐにミニバンタイプの軽自動車を購入した。

『五十代も半ばの男の独り暮らしなのだから、このくらいのサイズで丁度良い。荷室の広さも結構あるし、後部座席を畳めば自転車だって積めるし』

そして、最近の軽自動車はそれなりにスピードも出るし、ターボ付き車であれば高速道路もストレスなく走れる。

五所川原の家からは、車で十五分も走ればスーパーやレストラン、家具や生活雑貨を売っている店などもあるので、生活に必要な物資は大体揃う。

『キャンプ場も結構あるけど、敷地内でバーベキューが出来るようにしたから、わざわざ出かけて行く事はないな』

ここから、小説家【月夜野晩爺】という、五所川原の新たな人生が始まった。

そんな五所川原の元には、処女作を発表した某大手出版社から連載小説の依頼が来ていた。

「今回の連載は月刊誌に掲載されます。一話につき三千文字以上四千文字以内で全十二話。サプライズもどんでん返しもなくて良いので、ほんわかしたホームドラマのようなお話をお願いします」

某大手出版社から、そんな注文を入れられた。

「分かりました。ありがとうございます」

そう返事をしてみたものの、この十五年ほど、ほんわかしたホームドラマのような生活とは無縁だった五所川原は、すぐに【ほんわかしたホームドラマのような家庭】の話がイメージ出来なかった。

そんな五所川原が記憶の糸を辿っている時、小学校低学年くらいの長女優里香をバイクに乗せて近所の道をトコトコと走っていた思い出が頭に浮かんだ。

『あの頃、バイクに乗せてやったら優里香のやつ大はしゃぎだったたな』

そんな事を懐かしんでいると、ある時「私、おっきくなったらバイクの免許を取って、お父さんみたいにバイクに乗るんだ」バイクに乗せていた優里香がそんな事を言った記憶が蘇った。

『もし優里香が本当にバイクの免許を取りに行ってたら、どうなっていたんだろ？』

そんな風に思いを巡らせている内に『物語は架空の出来事でも良いのだから、優里香がバイクの免許を取りに行ってたらどうなってたのかなって物語を書いてみようか』

というアイディアに辿り着いた。

『でも結局、沙優里の猛反対にあって、優里香は免許を諦めたんだよな。その何週間後かだったな、私がちょっとした事故を起こして、家族みんながバイクに乗る事を猛反対しだしたのは』

そんな思い出も同時に五所川原の脳裏を過ぎった。

『どうせなら、娘がバイクの免許を取ってからの話じゃなくて、これから免許を取りに行く話にするかな』

娘とバイクでツーリングに行く話より、娘が教習所に通ってバイクの免許を取る話の方が面白くなるんじゃないかと考えた五所川原。

『よし！　題名は【ねぇねぇ、お父さん】にしよう。書き出しで【「ねぇねぇ、お父さん。私、バイクの免許が取りたいな」】主人公にそう言わせよう。主人公がいきなりタイトルコールをしちゃうの、面白いぞ』

そんな事を考えながら、張り切ってパソコンに向かう五所川原であった。

『あの時、もしも娘がバイクの免許を取りに行けてたら、こんな風だったかもな』そんな事を想像しながら、バイク免許の取得にまっしぐらな娘と、バイクに乗りたい娘が心配で仕方がないけど、つい免許取得を手助けしてしまう父親の凸凹な日常を楽しく書き綴っていった。

そんな五所川原は次回作についても思いを馳せる。

『初めての作品があれだけのヒットになってしまったからな。中編は下手な作品を書けないぞ。いやもちろん、連載も手を抜くつもりはないけど』そんな悩みが尽きない日々を送っていた。

半月ほどが経ったある日の、十九時を少し回った時の事。

五所川原が何気なくテレビを点けると、幽霊や心霊、都市伝説にＵＦＯ、未確認生物という意味のＵＭＡ《ユーマ》を扱った番組が放送されていた。

この手のジャンルには興味津々なので、チャンネルはそのまま、食い入るようにその番組を観ていた。

宇宙人のコーナーになると『宇宙って不思議だよな。知的生命体は地球以外にも居るだろうし。それにもつけて、宇宙って、我々が存在しているこの宇宙だけとも限らないだろうし。そもそも宇宙って、どうやって成り立っているの？　宇宙の始まりって？　宇宙の終わりって？』などの考えが浮かんでは消えていった。

そこから答えの出ない疑問が疑問を呼び、いつしか番組そっちのけで思考の彼方へと旅立っていた。

ハッとする五所川原。

『これを次回作の題材にしたら、面白くなるかもしれないぞ』

思い立ったら即執筆。

テレビを消し、早速パソコンに向かって創作を始めた。

物語のテーマは、宇宙の始まりと終わり、それと宇宙の成り立ちについて。

そのテーマに、五所川原独自の視点で宇宙の成り立ちについて大胆な仮説を立てた。

『題名は、大胆なその仮説にちなんで【巨大な鼓動（仮）】にしておこう』宇宙って何？　どんな風に存在してるの？　そんな事を綿々と書き綴る。

『でも、突然宇宙って何？って問い掛けても、読者は訳が分からなくなるよな。そうだ！　初めて書いた作品が書き終わった頃に思いついた、あのアイディアと混ぜてしまおう。宇宙人の話ではないけど、非日常の世界なんて、何気ない日常のすぐ隣に存在しているんだろうなって考えから生まれたあのアイディア』

しかし、物語はすでに一万文字に迫るほどになっていたので、内容の修正にはかなりの労力を要した。

それでも月刊連載の執筆と並行して、二作目を約三か月で仕上げた。

五所川原が某大手出版社に原稿のデータを送ると「五所川原さん、今回の作品も面白いです。こちらの作品も出版致しましょう」との反応が返ってきた。

連載小説の方は初めての作品とのギャップが受け、免許取得に向かってまっしぐらな娘に対する励ましや、娘に免許を取得して欲しくない気持ちながらも、頑張る娘の免許取得につい協力してしまう父親の気持ちに共感する便りなど、こちらも読者からの反応は上々だった。

五所川原は全十二話完結の【ねぇねぇ、お父さん】の七話目を執筆中、優里香が三歳の頃に何の脈絡もなく突然語りだしたあの話を突然思い出した。

それは家族でドライブに出かけた帰りの出来事。

遊び疲れて、後部座席で悟志と一緒に眠っていた優里香が突然目を覚まして「私とお兄ちゃんは、ほんとは双子で生まれてくるはずだったんだ」という突拍子もない話をしだしたのだ。

「二人で手をつないで、せーのでお母さんのところに向かって雲の上から飛び降りたんだよ。でもね、私は別の雲に引っかかってお兄ちゃんの手を放しちゃったの。だからお母さんのところに来るのが遅くなっちゃったんだ」

『え？　え？　え？』と思いながらも、五所川原は後部座席の優里香に「優里香はそれでもお母さんを見つけてくれて、生まれてきてくれたんだね。ありがとうね。でもお兄ちゃんとはぐれちゃってからどうしてたの？」と質問をした。

しかし優里香から返事はなかった。

バックミラー越しに優里香を見ると、スヤスヤと眠っていた。

『寝言でも言っていたのかな？　そうだとしたら、やけにはっきりした寝言だったな。話の内容も突拍子もないけど、三歳の子が話す物語だからな。夢みたいな話で面白かったじゃないか』

その時はその程度にしか思わず、そのまますっかり忘れていたのだ。

そんな優里香の話を思い出した五所川原『この話、気もそぞろに聞いていたから忘れていたけど、ファンタジー要素満載じゃないか。【巨大な鼓動】も書き終わったし、次回作はこれをテーマに創作するか』

五所川原は優里香が語った物語を軸に、新たな小説に着手するが、書き出しをどうするかで悩んでいた。

『優里香が、娘が話してくれた物語だって事実は、やはりクライマックスで紹介するのが良いよな。そうすると、書き始めはそこにつなげる為の布石になるのか？　双子になる為の魂の物語が必要だな。よし』

【そこは、雲の彼方の世界。

私達が住むこの世界の隣に在るが、私達が住むこの世界からは見る事が出来ない、とても遠い世界。

そこに住んでいるのは、生まれ変わりを待つ魂達。】

『この物語は、優里香が私にくれた物語だから、心温まる優しい作品にしないとな』

五所川原は【双子で生まれてくるはずだった魂達が雲の上からやって来たけど、生まれ変わる為に二人で雲から飛び降りたら、一人が別な雲に引っかかって離れ離れになっちゃった。】というコンセプトだけを決め、後は書いている内に考えるという、今までやった事のない手法をとった。


【その魂達が我々の世界に近付けるのは、生まれ変わりを許された時だけ。

しかも、我々の時間で二年以内に生まれ変わらなかった場合は、再び雲の彼方の世界に戻って次の順番が回って来るまで悠久の時を待たなくてはならない決まりがあるのだ。

今ここに、生まれ変わりを許された二つの魂が居る。

それは大の仲良しのトッシュとユーリだ。】

『魂達の名前は、この物語に思いを込められるように子供達の名前から拝借したんだけど、優里香でユーリは良いとして、悟志でトッシュは無理があるかなぁ。でもまあ、読者は私の子供達の名前なんか知ってるはずないからな。これで問題ないだろう』
【トッシュとユーリは雲の彼方の世界に来る前から大の仲良しだったんだ。
別々の家庭で育った二人だけど、同じ年でお隣同士の二人はいつも一緒に遊んでいたのさ。
でもある日突然、二人は同じ病気にかかってしまい、入院してしまいました。
入院中も、同じ病室で隣同士のベッドだった二人は「一緒に元気になって、また一緒に遊ぼうね」とお互いを励まし合ったのですが、ある日突然、二人とも容体が急変。
どちらからともなく「生まれ変わっても一緒だよ」と言い残し、誠心誠意看護をしてくれた看護師さんに看取られ、二人は遥か雲の彼方の世界へと旅立ってしまったのです。】
『自分で考えたストーリーなのに、何だか泣けてくるなぁ。でも生まれ変わりが物語の始まりなら、そうなる前の背景なんかも必要だよな。特に、二人が一緒に居たいという強い思いの元になる物語が必要だよね』

【二人は生まれ変わりの前に、今日も雲の上の大冒険を楽しんでいた。

「ねえユーリ、今日はどこへ行こうか？」

「生まれ変わりを許されたのに、こんな冒険ばかりしていて良いの？」

心配性のユーリがトッシュをたしなめる。

「大丈夫だよ。期限までに生まれ変われば何も問題はないんだから」

どちらかといえば能天気なトッシュが笑顔で答えるが、浮かない顔のユーリ。

「そうだ！　南の島を見に行こう！」

トッシュが二人の乗った雲を南の方へと向かわせる。

浮かない顔のままのユーリだったが、目的地が近付くに連れて顔が綻《ほころ》んでいく。

どこにあるのか？　それは南の国の小さな島。

真っ青な空と、真っ白な砂浜の小さな島。

いつまでも、いつまでも、そよ風に吹かれながら、真っ青な空と真っ白な砂浜を眺めているだけの、ゆったりとした時間が流れていた。

そんな冒険を楽しんだ後、二つの魂は生まれ変わる為に母親となる人間を探し当て、二人で手をつなぎ、雲の上から勢いよく飛び降りるのだが、ユーリが雲に引っかかってしまい、二人は離れ離れになってしまうのであった。】

『ここの、生まれ変わり先を見つけるまでのところと、雲から飛び降りてからのところをもうちょっと細かく描写した方が良いかなあ〜。結構重要な場面だもんな』

【そんな冒険を楽しんだ後】から先を削除し、書き直す五所川原。

【いつまでも、いつまでもそよ風に吹かれながら、真っ青な空と真っ白な砂浜を眺めているだけの、ゆったりとした時間が流れていた。

「ねえユーリ、僕達もそろそろ生まれ変わろうよ」

トッシュの突然の提案だったが、生まれ変わりの期限をかなり気にしていたユーリはすぐに快諾した。

トッシュは、なるべく沢山の人が住んでいる街を目指して二人が乗った雲を移動させた。

人が沢山住んでいる街に到着すると、二人はあれやこれやと生まれ変わり先を探し始めた。

大抵は、特に心惹かれるほどの輝きを放っていない家ばかりだった。

中には真っ暗闇に見える家もあり、二人は顔を見合わせて『あそこはないない』というゼスチャーをし合った。

「中々ここだ！って家は見つからないね」

トッシュがボヤいていると、トッシュとは反対側を見ていたユーリが突然「ねえトッシュ！　あそこを見てみて！」と大声を出す。

急に大声で話しかけられたトッシュが、驚いて雲から落ちそうになった。

「何だよユーリ。びっくりして雲から落ちそうになったじゃないか！　雲から落ちちゃったら、強制的に生まれ変わらなきゃならなくなるんだぞ！」

「ああ、ごめん。でもトッシュ、あそこを見てよ」

ユーリが指差す先は、二人が居る場所から直線距離にして約三キロほど離れた場所と思われるが、目の前で光っているのでは？と錯覚しそうになるほどはっきりと確認出来るくらい強い光を放っていた。

「よし！　あの場所に行ってみよう」

トッシュが、二人の乗る雲をその場所に向けて動かす。

雲がその場所に近付くに連れ、徐々に眩《まばゆ》いほどの光は和らいでいったが、同時に心地の良い暖かな風を感じられるようになっていた。

二人の目に映ったのは、三か月ほど前に結婚したばかりの新婚夫婦の姿。

「ああ、この人達を見ていると、とても温かくて優しい気持ちになる。この人達の子

に生まれたい」二人の意見は合致した。】

『いよいよ生まれ変わる為、二人が雲から飛び降りてユーリが雲に引っかかっちゃうシーンだ。ここからが最初の見せ場だな。迫力のある描写にしなきゃ』

【生まれ変わり先を決めた二人、しかしユーリの顔は浮かないままだ。

「ユーリ、どうしたの？」

「双子に生まれ変わるって、どうしたらいいの？」

「なあんだ。そんな事で心配してたのか。簡単だよ『生まれ変わる』って心で強く念じて、手を握ってお母さんになる人目がけてここから飛び降りればいいのさ」

「へ～！　トッシュはよくそんな事まで知ってるね」

「ユーリが知らなさ過ぎるんだよ」

トッシュは呆れ顔でユーリを見つめる。

「あー！　トッシュ今、私を物凄く馬鹿にしてるでしょ！」

「はいはい、じゃあ行くよ」

「あ、ああ、はい」

トッシュに軽くあしらわれながらも、ユーリは生まれ変わりへの準備に入る。

二人は目を閉じ『生まれ変わる』と強く念じた。

目を開けた二人は、お互いの顔を見合わせ「行こう」と声を掛け合う。

手をつなぎ「目標はあの人だよ」とトッシュが確認の合図をユーリに送る。

「うん。一・二の三で行こう」ユーリがトッシュにそう告げると、トッシュは黙ってうなずき「いいかい？　一・二の三」と掛け声を掛けた。

手をつないだまま雲から飛び降りた二人。

「うっひゃ〜！　きっもちいい〜！」

いつもは慎重派のユーリだが、雲から飛び降りた時の爽快感に上機嫌のユーリ。

「ユーリ！　飛び降りたらお母さんになる人のところに着くまで油断しないで！」

「大丈夫だよ。ひゃっほう！　あ〜！　鳥さんこんにちは。ねえ鳥さん、どっちが速いか競争しようよ」

トッシュの忠告を聞かず、鳥に気を取られるユーリ。

「ユーリ！　気を付けて！　右から大きな雲が近付いてきてる」

「あ！　わっと！」

大きな雲を寸前でかわしたユーリだが、その雲の下に小さな雲が隠れていた事に気付かなかった為、対応が遅れてユーリはその雲に引っかかってしまったのだ。

突然の出来事に、思わず握っていた手を放してしまったユーリ。

落下の速度、そのエネルギーにトッシュ一人の力では耐えられず、トッシュの手もユーリの手から離れてしまった。

「ああ！　トッシュー！」

ユーリの叫び声も虚しく、トッシュとユーリの距離は見る見る離されてゆくばかりであった。

雲はユーリを乗せたまま、物凄い速さで風に流されてゆく。

「ユーリー！」

トッシュもユーリの名を叫ぶが、すでにユーリを乗せた雲はトッシュの視界が届かないところまで流されていた。

「ああ、ユーリ。何でこんな事に」

悲しい思いに包まれたまま、トッシュは母親になる人のところに辿り着き、新しい命として宿ったのだ。】

『う〜ん。我ながら上手く表現出来たと思うなぁ』

あまり自分を褒めない五所川原であったが、今回の文章はかなり上手く書けた自信があったのだろう。

物語は、トッシュが生まれた後、ユーリが宿るまでの話に突入するのだが、あまりにも淡々とした日常の物語しか思い浮かばず、五所川原は頭を大いに悩ませた。

生まれ変わりまでのオープニングと、優里香が語った双子で生まれてくるはずだった話につながるエンディング部分の構想しか考えていなかったので、話は早くも頓挫した。

『困ったなぁ。ここまでで三千文字にもなってないぞ。これじゃあエンディング部分の文字数を足したとしても六千文字いくかいかないかってところだな。最低でも、あと三万五千文字くらいはないと短編小説になってしまうぞ』

五所川原は、トッシュが生まれて新しい名前を授かった場面まで書くと、物語の続きをイメージ出来なくなった事もあり、この作品の創作を中断した。

そして連載小説が間もなく終了するという頃、二作目の中編小説【巨大な鼓動】が電子版で配信開始となった。

五所川原がＳＮＳを通じて宣伝していたのと、二作目という事もあって、今回の作品は配信開始前からそこそこの注目を集めていた。

作品が発売されると〈宇宙物キターーーー〉〈そこ、目の付け所ヤバくね？〉〈いやはや、その発想面白いわ～〉など、読者からの反応は上々で、今回の作品もラジオで紹介され、発売から一か月で一万三千ダウンロードを超える数を記録した。

そして、娘がバイクの免許を取る為のドタバタホームドラマ小説は最終回を迎えた。

連載小説は〈のほほんとした、父娘の会話に癒されました〉という狙い通りのコメントをはじめ〈娘ちゃんよく頑張ったね！〉〈最近バイクを買ったリターンライダーです〉〈教習所に通っていたあの頃を思い出しました〉といった便りが、連載終了後も多数寄せられた。

〈続編を期待しています〉との声も多く寄せられたので、某大手出版社から「続編を」との話がきたが、五所川原は即答を避けた。

というのも、主人公がバイクの免許を取得してしまったので、続編となるとツーリング編とかになってしまうからだ。

のほほんとしたホームドラマのような小説という最初のコンセプトを継承すると、親子で行くツーリングのイメージはそれこそ単なる日常のワンシーンとしてしか捉えられず、気の利いたセリフや心温まる描写などがすぐに思いつかないからだった。

『続編に、単なる日常の中にあるちょっとした煌《きらめ》きや心に沁みる話を盛り込めれば面白い物語になるんだろうけど、私には難しいなぁ。ただひたすら親子が淡々とツーリングをするだけの物語になってしまいそうで……』

それに加えて【遥か雲の彼方から】という題名にした例の、優里香がくれたアイディアの小説がまだ完成を迎えていなかったからだ。

さらに、五所川原は小説家になる前から好きなテーマがあって、そちらのテーマでも一作手掛けたいと考えていた事もあった。

そのテーマとは、ゾンビ物だ。

しかし、ゾンビ物は映画に留まらず、テレビドラマやアニメなど、すでに相当数の作品が相当数のコンセプトで存在しているので、真新しさを演出するのが難しく、五所川原は執筆するのをためらっていた。

『【ねぇねぇ、お父さん】の続編を受けて【遥か雲の彼方から】とゾンビ物の作品も同時に書くとなったら三つ巴になってしまうな。二つまでは何とか同時進行でいけそうだけど、三つは私には無理だ』

一旦没頭し始めると、スイッチを切り替えるように思考を変えるのが苦手な五所川原。

日常の物語と非日常の物語を同時期に複数手掛ける事への不安は拭えなかった。

『日常を描くはずの作品に非日常的な現象を取り入れてしまったりとか、互いの作品に少なからず影響を及ぼすような事が起こってしまうだろうな』

考えれば考えるほど、三つ巴は自分に向かないといった結論に至るのであった。

『やはり【ねぇねぇ、お父さん】の続編はお断りしよう』

「たまには気分を変えて外食でもするか」

ため息混じりにそんな独り言を呟く五所川原。

中々完成を見ない作品と、新たなテーマでの執筆の狭間で悩んでいた五所川原はその日の夕方、車で十分ほどの所にあるめーめー食堂へと向かった。

車で行くと、飲酒をする為には運転代行を呼ばなければならないので、普段は家呑みと自家製カラオケで気分転換をしていた。

しかし、久しぶりに他人の居る場所で酒を呑みたくなったので、めーめー食堂までは六~七キロと、車では大した距離ではないのだが、歩くと結構な距離になるので、運転代行を呼ぶつもりで車で出かけた。

『確かご当地焼きそばが食べられる店だったよな』五所川原は、この店指定の駐車場に車を停めて店舗へと向かった。

隠れ家的な佇まいの外観。

そこには、平日であるにもかかわらず、すでに二十人ほどの行列が出来ていた。

五所川原が列に並ぶと、前に並んでいる三人グループの楽しげな会話が聞こえてきた。

「こないだ観た韓国のテレビドラマなんだけどさー、女優さんが可愛くってさー。何ていったっけなー？　あの女優さんの名前」五所川原は、聞くともなしにその会話に耳を傾けていた。

「そんでさー、ホントに女優さんが可愛くてさー。何となく観をしてたんだけどさ、この話がまた面白くなってきちゃってさ。結局一気観しちゃったよ」

その人が話しているドラマのジャンルに、突然何かが閃いた五所川原。

『確か持ち帰りが出来るって、入り口に看板が出てたな』

アイディアが閃いたら即執筆。

ご当地焼きそばとお好み焼きを一人前ずつお持ち帰りで注文し、出来上がりを受け取るや早々に帰路へと向かう。

帰宅した五所川原はすぐにパソコンの電源を入れると、買ってきたご当地焼きそばを一口頬張った。

「お！　ソースはパンチが効いてて美味い！　太目でモッチモチの麺も、ソースのパンチ力に負けないくらい歯応えがガッツリしてて美味いぞ。う〜んでも、私は普通の焼きそば麺の方が好きかも」

パソコンが立ち上がるまでの間に缶ビールを冷蔵庫から取り出し開栓する。

『あの人の話と、ゾンビ物を組み合わせたらどんな化学反応をするんだろう？　このパターンは、今までに誰もやった事がないはずだし、上手くすれば面白くなるぞ』五所川原はビールを呑みながら、滑らかに弾むようにパソコンのキーを叩き続けた。

『ラストをどうするかな？　惨劇回避で終わらせるか、無限回廊にするか、悩むなぁ』

一気に中盤まで書いた五所川原、終わらせ方で悩み始めた。

『取り敢えず、ふたパターンのラストって事で、今日はもうこんな時間だし寝るか』

データ保存をして、パソコンの電源を落とし床に就いた。

ゾンビが蔓延《はびこ》る終末世界の夢で飛び起きた五所川原。

その日も六時から惨劇回避にするか？　無限回廊にするか？　で悩んでいた。

そんな中、物語を読み返している内に様々な矛盾に気付く。

『あちゃ〜。ここのところ、話が前の部分とつながらないや。それに、こっちの部分は何故そんな事になったのか意味不明だし』

五所川原のゾンビ物は暗礁に乗り上げてしまったようだ。

ナーバスな気持ちになったそんな時、有名な滝が近所に在る事を思い出した。

『せっかくだから、ちょっと行ってみるかな』と車を走らせる。

八時五十分。

車を駐車場に停めた五所川原は、徒歩で滝へと向かった。

駐車場から出てすぐの広場を歩いていると、どこからともなく轟々という音が聞こえてきた。

『お？　懇篤《こんとく》の滝っていうわりには勇ましい音がするな』

五所川原が音のする方へ向かっていると、道の途中に〈轟音《ごうおん》の滝〉という案内板を見つける。

『へえ、懇篤の滝の他に、もう一つ滝があったのか』

案内板が示す方へと歩いていくと、一段と音が大きくなる。

滝が見やすいようにと設置された階段状の展望台の辺りは、晴れ渡ったその日の天気とは裏腹に、霧雨が降っているかのような状態で虹が現れていた。

五所川原は轟音の滝を見る為、展望台に上った。

『おおお！』落差二十五メートルのその滝は、豊富な水量で文字通り轟音を轟かせ、まるで龍が川を下りてゆくが如く、雄々しく流れていた。

その圧倒的迫力に、しばし茫然とするほど滝の流れに心を奪われる。

「ま〜だですかぁ〜?」次に並んでいた少女の声で我に返った五所川原。

「あ、ごめんね。おじさん、つい見惚れちゃった」家族旅行で来ていたのだろう少女に謝り、そそくさと階段を降りる。

『すごい迫力だったな。でもこの滝は、小説には使わないかもな』そんな事を考えながら、いよいよ懸篤の滝へと向かう。

滝が見える所まで来た五所川原。

『おお! これが懸篤の滝か。遠目に見ても心が癒される感じだ』

滝を目指し、淡々と階段を降りていく。

滝を間近に臨める川原に立ち深呼吸をする五所川原。

『なんて清々しいんだろう。この場所に居るだけで心が洗われるようだ。新作のアイディアが何か浮かぶかもって思って来たけど、ここに居たら、ゾンビの事など考えられなくなるな』などと、自分が今書いている小説が不毛な物のように思えてきてしまった。

五所川原がぼんやりと滝を眺めていると、どこから来たのか？　一組のカップルの姿が目に映った。

すでに職業病とでもいうのだろうか？　五所川原は、目に映るものの事象や他人の行動などを観察し、その事に対して色々と思いを馳せる癖がついていた。

そのカップルはとても仲が良さそうに滝を見て、互いに何やら話をして楽しげだ。

『私にもかつてあんな時代があったな。もっと沙優里の色々な事に関心を寄せたり、ちょっとした事でも家族とコミュニケーションを取ったりしていればこんな事にはなっていなかったのかもしれないな』

五所川原は、沙優里と恋人時代だった時の事を思い出していた。

『もう戻れない、キラキラした思い出か。まるでドラマの中のワンシーンだな』

そんな事を考えていたその時ふと『いや待てよ。今日《こんにち》までの私の人生だって、まるでドラマのようではないか？ それなら、この人生をそのまま創作にしてしまったらどうだろう？』というアイディアが閃いた。

思い立ったら即執筆。

五所川原は早々に家に帰り、昨日までの出来事を時系列毎に、箇条書きにメモ用紙に書き出した。

「神様の気まぐれだろうか？ 小説を書いてからの私の人生は、まるで夢でも観ているかのようだよ」書き出しながら、そんな独り言を呟いていた。

現在手掛けているゾンビ物も一旦お蔵入りにして、五所川原は新たな作品を手掛け始めた。

『生みの苦しみだ。一行目をどうするかが一番気を遣うよな。さてどう書くか？』

取り敢えず、主人公の紹介をしてみる。

【私の名は川原田剛志《かわらだたけし》。

御年五十二歳。

三歳年下の妻と、二十六歳になる長男、二十四歳になる長女の四人家族だ。

十八歳で板金工場に就職し、以来三十四年の間、何となく仕事を続けてきた。】

『まるで自己紹介だな』

五所川原は、そこまで書いて思わずプッと吹いてしまった。

『まだ五十代も半ばなのに、こんな風に自分の人生を振り返る時が来るなんて思ってもみなかったな。終活なんてのも流行っているようだし、いっその事、ついでも兼ねてこの作品を遺書にしてしまおうかな』そんな考えが頭を過ぎった。

『いやいやいかん！　そんな小説、誰が楽しめるんだ？　趣味で書くならいざ知らず、これは仕事だからな』思い直した五所川原が話の続きを紡いでゆく。

【妻になる人との出逢い。
主人公の見た目と性格。
主人公が結婚してからの、主人公を取り巻く生活環境。
そして妻を始め、家族の関心はすでに主人公にはなくなってしまった事。
十五年振りにバイクを買った事。
バイクのサークルに入った事。
そこで知り合った大型トラック乗りの人の話をヒントに小説を書いて大ヒットした事。
妻には内緒で静岡県に広大な土地を安く買った事。
その土地に、これも妻には内緒で家を建てた事。
妻と協議離婚の末、その家に引っ越して来た事。
どんな家を建てたのかも、少々自慢げに詳しく書いてみる。

そしてその土地で、小説家という新たな人生を送り始めた事。】

ここまで一気に書き上げ、五所川原はペンを止めた。

いや、五所川原はパソコンで小説を創作しているので〈手を止めた〉が正確な表現であろう。

『ここからは未来の出来事なんだな。一体何が起こるんだろう？　自分にも分からない未知の領域。自分の未来予想図か』ワクワクする気持ちもあり、不安な思いもあった。

『ちょっと休憩にするか』と、庭に出てぼんやりと自分の車を眺める。

『そうだ！　創作なのだから何も、身の丈に合った出来事や事実ばかりでなくて良いんだ。五十代も半ばのオッサンに、ロマンスがあったって良いじゃないか』

自分の車を眺めている内に、滝で見たカップルの事を思い出し、自分事に置き換えた五所川原。

「ヨシ！」俄然やる気になる。

【主人公が異国の女性と滝で出逢う】という、ちょっぴり強引な感じがする設定を追加した。

『しかし、出逢ってすぐに恋に落ちるってのは無理があるよな。外国人女性とはいえ、観光で来てて恋に落ちるのはありかもしれないけど、その後の展開に苦慮する事になりそうだし。そうすると、この女性がどこか近くで働いているか、そんな設定が必要だな』

考えている内、近所を車で走っている時に見かけた〈まかふしぎの牧場〉の看板が頭に浮かんだ。

『そうだ！　女性はテキサス州出身で、牧場オーナーの次女で日本好き。で、日本の牧場で働いているっていう設定にしよう』

いささか安易な設定の決め方ではあるが、急遽登場する事になった女性の身元が確立されていく。

『年齢は、主人公とのバランスも考えて、三十一歳で良いかな』こちらも安易だ……。

五所川原は、その女性をクララと名付けた。

大好きな三部作映画の、三作目に登場する人物が名前の由来だ。

しかし五所川原は【クララは身長百六十三センチ、肩下まである長めの金髪を真ん中で分けたストレートヘア。

仕事中はそれをポニーテールに纏めている。

牧場育ちらしく、細身ではあるが筋肉質で引き締まった身体に浅黒く日焼けした肌。

性格は活発で、曲がった事が嫌い。

馬や牛と話が出来るのでは?と思わせるほど、動物達と心を通わせるのが得意。】

と、映画に登場するクララとは、おおよそかけ離れたイメージのキャラ設定にした。

クララのキャラ設定をすると、五所川原はまかふしぎの牧場へと出かけていった。

存在は知っていたものの、引っ越して来てから一度も行った事がなかったので、まかふしぎの牧場がどんなところか実際に行って取材をする事にした。

まかふしぎの牧場に到着するが、すでに昼を回っていたのと、その日は好天の日曜日だった事も相まって、牧場の駐車場は物凄く混雑していた。

『砂利だけど、道路を挟んだ向こう側にも駐車場があるのか。あちらはまだ、それなりに空いていそうだな』

それを確認した五所川原は道路向こうの駐車場に車を移動する。

車を停め、道路を歩いて横断しようとすると〈あちらに、牧場に抜けるトンネルがあります〉との案内板が目に映った。

『結構交通量が多いこの道路を横断するのはちょっと危ないから、トンネルを使うか』

案内板が示す方へ歩いていくと、ここ?というほどの、秘密基地の入り口を連想させるような狭いトンネルがあった。

『これはこれで通るのが楽しいけど、人によっては通れないな』

そんな事を考えながら、トンネルをくぐって牧場の入り口へと向かう。

しかし、牧場の外から見ても分かるほど、場内は混雑している。

それを見た五所川原。

『今日はもう昼も過ぎたし、明日また来るか』

帰ろうと振り返った瞬間、車をどこに停めようかという事に集中していて気付かなかった五所川原の目に、悠然とそびえる富士山が飛び込んできた。

「おおおおお〜！」周囲の目も気にせず、思わず大声が出てしまった。

『クララが働く場所はやはりここだな』取材への意欲が俄然増した五所川原であった。

翌月曜日は雨模様だったので、さらに翌日の火曜日に、開園時間に合わせてまかふしぎの牧場へと再び取材へと出かけていった。

「今日は晴天で取材日和だけど、平日だから予想通り人出は少ないな」

九時二十分、牧場側の駐車場に車を停めた五所川原が呟く。

『営業時間は確か九時半からだったな』

前日の夜中、今日に日付が変わる頃まで降っていた雨の影響か、日曜日は圧倒的な存在感を示していた富士山だったが、五所川原の目に映る今日の富士山は、麓から頂上まですっぽりと雲に覆われていた。

『雲隠れ富士ってところか？　今日の富士山は恥ずかしがり屋なんだな』

そんな恥ずかしがってる富士山をスマホのカメラ機能で撮影して、五所川原は入場口へと向かった。

開園五分前、一昨日であればすでに人でごった返していたのだろうが、この日は他に二組の親子連れの姿があるだけだった。

開園時間の九時半。

入園チケットを買い、牧場の中に入る。

入り口付近は平地だが、奥の方は山の斜面を利用した形となっていて、入場門から数百メートルほど奥へと進んで行くと、二十度～三十度はあろうかという急勾配の登り坂になっている。

五所川原はその登り坂を、途中何度か富士山の方へと振り返りながら、スマホで写真を撮りつつ柵で行き止まりになっている場所まで登った。

坂を登っている途中に幾つか富士山の絶景ポイントがあり、これがクララの勤める牧場にする決め手となった。

『山みたいになっている立地は、私が抱くテキサス州の牧場イメージとは異なるけど、日本好きなクララの職場はやはりここで確定だな』

十時十分。

その日入園してまだ四十分しか経っていなかったが、インスピレーションを得られたので、帰って早速執筆作業に入るべく今来た道から麓を目指そうとすると、遠くに羊小屋を見つけた。

『ちょっと遠回りになるけど、クララの仕事場候補として見てみるか』

羊小屋がある方へと歩き出す五所川原。

『羊小屋ってこれか？　遠目に見ていた時の感覚より大きいな』

五所川原が羊小屋を外から観察していると、ある方向から羊小屋越しに富士山が見える事に気付いた。

『この場所をクララの担当にするかな』

牧場を後にし、執筆活動に入る五所川原。

『まずは二人の出逢いのシーンからだな』

新作のアイディアに行き詰り、自分が滝を見に行った時の事を思い出しながら主人公の剛志が燚篤の滝に行くシーンまで書いた。

【創作のアイディアに行き詰った剛志はその日の十三時、近所にある観光名所にもなっている滝へと気分転換をしに車で向かった。

車を駐車場に停めた剛志は、徒歩で滝へと向かう。

駐車場から出て、すぐの広場を歩いていると轟々という音が聞こえてきた。

『お？　安寧《あんねい》の滝っていうわりには勇ましい音がするな』

剛志が音のする方を見ると、三メートルほど離れた芝生の上を歩く外国人女性の姿が視界に入ってきた。

雲間から降り注ぐ陽の光を浴び、剛志の左手を剛志の方へと向かってくる女性の姿が、剛志の目には神々しいくらいに輝いて映った。

「あ……」

剛志は思わず一言、そう言葉を発していた。

その声で、剛志の方へ向かって歩いてきていた女性が、すれ違いざまに剛志の方へ視線を向けた。

「あ……」

一瞬その女性と目が合った剛志は、女性が歩く姿を目線で追いかけながら再び一言声を発する。

剛志の横を通り過ぎたその女性は立ち止まり、剛志の方へと振り返ると「フフッ」と笑いながら剛志の顔を見た。

「あ、いや〜。お恥ずかしい」照れながら頭を掻く剛志。

思い切って「観光ですか？」と女性に問いかけた。

キョトンとする女性。

『あ、日本語が分からないのかな？』

剛志が英語で話しかけようと、頭の中で必死に英単語を検索していると「私、この近くの牧場で働いてます」と流暢な日本語で返事が返ってきた。

『日本語話せるのか。助かった』

剛志が安心していると「ユーはリョコウですか?」と質問された。

「いえ、つい最近この近くに引っ越して来ました」

「ヒッコシって?　ナンですか?」

『引っ越しという日本語は分からないのか。え〜と、引っ越し引っ越し。英語で何と言うんだ?』焦る剛志。

「この近くに住んでます」剛志は、引っ越しを英語で言うのを諦めた。

「あ〜。そうですか」

「この近くの牧場って?　何ていう名前の牧場ですか?」

「ふかしぎの森牧場ね。面白〜い名前でしょう?」

「ホントだ。面白い名前だね」

こうして剛志とクララは出逢った。】

剛志とクララが互いに簡単な自己紹介をし合って、クララが「昼の休憩が終わるから」と言って牧場に戻ってしまうところで一旦執筆を終えた。

『まだ正午か。小説の中では昼過ぎの設定だったから、もっと時間が経過している感覚だっただけに、何だか得した気分だな。確かまかふしぎの牧場って、同じ日なら再入園が出来るって書いてあったよな。せっかくだから、もう一度行ってみるか』

五所川原は再びまかふしぎの牧場へと出かけていった。

再入園した後に、園内には軽食しかない事に気付いたが、せっかくだからと園内で何か食べる事にした。

ぶらぶらと歩いているとホットドッグの文字が目に映ったので、昼食を兼ねてホットドックを食べる事にした。

商品を受け取り、近くのベンチに腰かけてホットドッグを頬張りながら、のんびりと園内の様子を眺める五所川原。

『さすがに朝よりも人が多いな』

園内は、混雑しているというほどではないが、ざっと見ても三十人〜四十人くらいが視界に入るようになっていた。

ホットドックを食べ終えた五所川原は、今朝歩いたのと同じ道を辿り、坂の上の柵があるところまで上った。

斜面になっている広々とした芝生に、今朝は居なかった羊が放し飼いになっていた。

『お？　あのアニメのような光景だな。ヨーデルが聞こえてきそうだ』

遊歩道に沿って立てられた柵の間際で、こちらに尻を向けて下を向き、地面に生えている草を一心不乱に食べる羊を見た五所川原に悪戯心が芽生えた。

羊に気付かれないよう、抜き足差し足でそ〜っと羊に近付く。

羊が目の前の位置まで来たところで、まだ気付かれていない事を確認すると、後ろから羊の腰のあたりを軽く触ると同時に「わっ！」と少し大きめの声を出した。

すると羊は、一瞬飛び上がったんじゃないか？というほどビクッとなり、五所川原が想像していた以上の反応をした。

その羊は振り返り、五所川原と目が合うと「おっさん何してくれてんじゃ」とでも言いたげな眼差しで五所川原を見つめたが、すぐにまた下を向いて草を食べ始めた。

そんな羊のリアクションを見た五所川原、自然と笑いが込み上げてきて「ワハハ」と声を出して笑っていた。

「羊君、驚かしてしまってごめんよお」

羊に声をかけ、五所川原は再び歩きだした。

『羊とはいえ、驚かされて思う事は人間と同じなんだろうな。とっても面白い観察が出来たから、私的にはこの事も小説のネタにしたいけど、物語に関連付けるのが難しそうだからやめとこう』

再び園内を散策し始めた五所川原。

山の頂上付近から、午前中に歩いたのとは違うルートで麓まで下りてきた。

『親子連れとカップルばかりだ。まあね、場所柄そんなもんなんだろうな。一人で来ているおっさんなんて、私くらいなもんだよ』

ぶらぶら歩いていると、サッカーコートほどの広さの柵で囲われた原っぱから楽しげな笑い声が聞こえて来た。

『何だろう？』と歩きながら見てみると、二組の家族連れが、先端の片側がUの字に曲がった杖のような棒の、Uの字に曲がった部分でテニスボールを転がすように打って遊んでいた。

通りすがりに見た看板には〈カウボーイのパターゴルフ〉と書かれていた。

『カウボーイのパターゴルフ、か……。私のようなおじさんが一人でやってたら、どんなに楽しげでも哀愁漂う人に見えちゃうかもな』

五所川原は立ち止まり、楽しげにパターゴルフに興じている家族連れを柵の外からしばし観察していた。

『この場所では、これ以上アイディアにつながりそうな事はなさそうだな』などと考えながら、ゴルフ場を横目に出入り口付近の広場の方へ向かって歩いていくと、五所川原の目に人だかりが飛び込んできた。

『何だろう?』と行ってみると、そこは牛の乳搾りが体験出来るブースだった。

『へえ、牛の乳搾りか』

挑戦してみようと思ったのだが、その回は定員になってしまっていたので諦め、参加者が乳搾りをしているのをしばし眺めていた。

園内をほぼ一周した五所川原。

『羊の面白い反応も見れたし、そろそろ帰るか』

退園前に、今日園内であった事を持参した小さなノートにメモとして書き残した。

五所川原は作品中で、剛志が大型自動車免許とけん引免許を取る設定を追加した。

【剛志は、自分が小説を書くきっかけになった、ツーリングクラブの主催者で大型トラック乗りの話に憧れを抱いていた事もあって、静岡県富士宮市に引っ越してすぐ、小説の執筆の合間を縫って大型自動車免許とけん引免許を取得した。

元々自動車の運転が得意な剛志、大型自動車の免許も、けん引免許も、難なく取得してしまった。

免許を取得すると、剛志はキャンピングカーのディーラーへと向かった。

なんと！　剛志はキャンピングカーを購入しようとしているようだ。

剛志はフルサイズのトレーラーハウスをトラクターと一緒に購入したかったようだが、剛志が買った土地の前の道路がそれほど広いわけではなかったので、敷地内に駐車をする事には問題がなかったのだが、敷地内から道路に出る事に問題があり、フルサイズのトレーラーハウスは諦め、全長七メートルのマイクロバスを改造したキャンピングカーを購入する事にした。】

大きな車への憧れはあったものの、車の運転にあまり自信がない五所川原は、自分にはないスキルを主人公に与えたのだ。

小説内で剛志が購入した土地も、自分が購入した土地の倍以上の、九百八十坪ほどとしてしまった。

『このくらい派手な方が面白いと思うんだよな。そうだ、剛志は買ったキャンピングカーを仕事場にして、全国に取材旅行に行く事も設定に加えよう』

【剛志は、購入したキャンピングカーにＷｉ－Ｆｉの設備を整え、デスクトップのパソコンを設置し、キャンピングカーを移動式の仕事場にした。この事により、剛志は取材に行った先でも創作が可能となった。】

『そういえば小倉さん、あれから全然会えてなくて、お礼も言えてないけど元気でやってるかな』

五所川原は、久しぶりにバイクサークルのグループラインに書き込みをした。

ほどなくして〈お～！　五所川原さん、お久しぶり。静岡はどうですか？　もう生活は落ち着いたかな？　お忙しいでしょうけど、たまにはクラブにも顔を出してくださいね〉との反応が小倉から返ってきた。

何度かのやり取りの後、五所川原は、またツーリングに参加する事を約束した。

その日の夜、五所川原は作品の展開に大いに悩んでいた。

高校生の時に沙優里に告白されて以来、そのまま他の女性に心変わりする事もなく結婚に至った五所川原。

それ以前に、好意を寄せた女性は居たものの、奥手だった五所川原は女性に告白をした経験が一度もないのだ。

故にクララと剛志は出逢ったものの、二人がどんな経緯で付き合う事になるのか、そのアイディアがどうやっても出てこない。

『剛志の方から告白させるのが良いような気もするんだけど、自然な感じを出そうとすればするほど、不自然な感じになっちゃうんだよなぁ。もっと恋多き人生だったら良かったのかも。恋愛がテーマのマンガも努めて避けてたからなぁ』

考えあぐねた五所川原『どうやっても不自然になっちゃうんなら、いっそ二人は〈友達以上恋人未満〉なんて、昔流行ったキャッチフレーズみたいな関係にしちゃうかな』

【剛志とクララ。

お互い何となく恋愛感情を抱き合いながらも、親子ほどの歳の差を意識してしまう剛志の心は、微妙な距離を保ちつつも、歩き始めたばかりだった。】

そんな事を作品に書き込み、この日五所川原は床に就いた。

それは、五所川原が久しぶりにバイクサークルのツーリングに参加した時の事。

「五所川原さん、おはようございます。お久しぶりです。今日は参加して頂きありがとうございます」

「小倉さん、おはようございます。ご無沙汰しております。あなたのおかげで今の私が在るのに、ご挨拶にも来ず、大変失礼をしております」

「いえいえ、そんな事お気になさらず。全ては五所川原さんの才能の賜物です。誰のおかげでもありませんよ。それに、超大物作家がメンバーだなんて、我がクラブにも箔が付くってもんです」

「いえいえ、私なんてまだまだですよ。本当にありがとうございます。心よりの感謝です」

そして、ツーリングの目玉でもある昼食の場で、向かい合わせに座った五所川原に、小倉は疑問に思っていた事を質問しだした。

「そうそう、ところで【F　～ビヨンド・ザ・サクセス～】の話なんですが、タイムスリップなんてアイディア、どうやって思いついたんですか？　トラック運転手の仕事からタイムスリップなんて、何の接点もないですからね」

「あ～。私、超常現象とか大好きなんですよ」

「超常現象ですか？　タイムスリップ。そうですね、超常現象のようなものですね」

「はい。幽霊とか、ＵＦＯとかも大好きなんです。で、トラックの運転手とかとは何の関係もなく、タイムスリップしちゃう物語にしたら面白いかなって思いまして。小倉さんから聞いた話にそれを乗っけたんです。それで思いつきました」

「すごい想像力ですね」小倉が尊敬の眼差しを五所川原に向ける。

「いえいえ」照れくさそうに頬を紅潮させる五所川原。

「ラストも意外な展開で終わりますが、あれも計算されたオチなんですか？」

「いやいや、最初は成功したままパラレルワールド的な時間軸が続いていく結末にする予定だったんです。でもそれだと、何となくしっくりこなかったんですよね。それでその時点の時間軸から、タイムスリップしてしまった時間軸へと戻ってしまうとか、色んな結末を考えてみたりしたんですが、どれもラストシーンとしてピリッとしないまま終わってしまうなあって思いまして……」

「それであの展開になったんですか？」

「はい。ラストシーンを書き始めてそんなに時間が経ってない頃の事です。タイムスリップした主人公が、物語の最後にどういう結末に辿り着いたら綺麗に終われるかなって事ばかり考えてましたからね。あの結末なら、オープニングのシーンとも綺麗にマッチするし」

そこへ二人の料理が運ばれてきた。

運ばれてきた料理を手に取り「それであの結末に辿り着いちゃうんだから、やっぱスゲ〜や。いただきます」と小倉が呟く。

「あ、いやはや。そんなに持ち上げないでくださいよ。ああ、いただきます」

顔を真っ赤にして照れながら、料理を口に運ぶ五所川原であった。

「もう一つお聞きしたい事が……」

料理を平らげた小倉が再び五所川原に質問をする。

「あ、あ、はい。何でしょう？　私で答えられる事ならなんでも」

「ラインメッセージの時は漢字変換で出したのですが、五所川原さんのペンネームって、月夜野……晩爺《ばんじい》が正しい読み方で良いのでしょうか？」

「はい、正解です。あれは【ばんじい】と読みます」

「月夜の晩のお爺さん。ですね」小倉がくっと笑った。

「はい。月夜の晩に爺さんが思いついたという体《てい》の名前です。本当に月夜の晩に思いついたわけではありませんけどね」

「洒落《しゃれ》てますね」

「それと私、高いところが大の苦手でして。バンジージャンプなんて以ての外なので、それもちょっとかかってます」

「おお～！　月夜野晩爺の新情報だ」

そんな話をしている最中《さなか》、五所川原の頭に【ねぇねぇ、お父さん】のイメージが浮かんだ。

そこからさらに、優里香の顔が浮かんできた。

『そういえば【遥か雲の彼方から】をお蔵入りさせたままだったな』

ツーリングから帰宅した五所川原。

疲れてはいたが、気分が良いのでパソコンの電源を入れ、お蔵入りにしていた【遥か雲の彼方から】の原稿を開けてみた。

『トッシュが生まれ変わったところで、先にエンディングを書いたんだよな。で、トッシュが生まれた時の名前を決めたところで話が止まったままか。まだ一万文字にも届いてないぞ』

トッシュが生まれてから一年間の物語をこの日書き足し、五所川原は床に就いた。

新作も気になったが、昨日ちょっと手掛けた【遥か雲の彼方から】を先に書き上げる事にした五所川原。

『今書いている二つの小説とも、締め切りがあるわけじゃないからな。特に焦って書き上げる必要がない分気楽だね』

悟志や優里香が生まれてから、三歳くらいになるまでの頃の事を一生懸命思い出しながら、何とかエンディングまで物語をつなげた五所川原。

『二人が生まれたばかりの頃は、嬉しくて嬉しくて休みのたびに公園に連れて行ったりしてたのに。優里香が小学生になった頃からＰＴＡが煩わしくなってしまって、子供達を遠避け始めてしまったんだよな。人間関係が苦手とか、私のわがままだけで子供達に寂しい思いをさせてた事に今頃気付くなんて、私は愚か者だ』

子供達が幼かった頃の思い出と共に、後悔の念が芽生えた。

五所川原は今さっき出来上がったばかりの、【遥か雲の彼方から】の原稿データを出版社に送った。

翌々日、出版社から送られてきたメールには〈テーマとしては面白いですが、オープニングとエンディング以外は余りにも淡々としていて、大幅な手直しが必要だと思われます〉との評価が添えられていた。

『やはりそうだよな』

そういった評価が返ってくるだろうと予想していた五所川原。

〈今回の作品は、ある人物に向けたメッセージも込められているので、なるべくオリジナルのままの状態で出版致したく、よろしくお願いします〉との返信をした。

〈かしこまりました〉との返事がきたので、五所川原の【遥か雲の彼方から】は出版に向けて動き出した。

そして【遥か雲の彼方から】の改稿と並行して、まだ題名が決まっていない新作の続きを書き始めた。

【それは、ある日の朝の事だった。

何の約束も取り付けないまま、剛志はふかしぎの森牧場へと出かけていった。

「あれ？　今日はクララは休みかな」

近くにいた牧場員にクララの事を尋ねると「今さっき用事があって麻桐《あさぎり》牧場に行った」と言われた。

『仕事で居ないんじゃ仕方がないな。ここで麻桐牧場の事を聞くのも変だし、ましてやそこに尋ねて行ったらもっと変だし。今さっき出かけたばかりじゃ、ここで待ってもすぐに帰ってくるか分からないし。今日のところは帰るか』

剛志はその日クララと会う事を諦めた。

そして翌日の朝、クララから聞いていたラインに何の気なしに『暇だ』と剛志がメッセージを送信すると、ほどなくして返事が返ってきた。

《ワタシ今日休みなの。ね？　デートしない？》

そのメッセージを開いた剛志はドキッとした。

『デ、出、で、デートォ〜？』

《デートって？　そんな大袈裟なモンじゃなくって》と返信をする。

戻ってきたラインには《デートしたいくせに》と書かれていた。

《クララの方がデートしたいんじゃないのか？》と返信をする。

『何で俺はムキになってるんだ？』

結局クララの提案で、ふかしぎの森牧場のチケット売り場で待ち合わせをし、牧場でデートをする事になった。

引っ越し前から乗っていた普通車でふかしぎの森牧場へ向かう。

『しかし、自分の職場に遊びに来るって、面白い発想だよね』

待ち合わせ場所に、先に来ていたクララが剛志の姿を確認し「タケシ！」と手を振る。

その姿を見た剛志も思わず「クララ！」と手を振り返す。

「もー！　女性を待たせるなんて、タケシはー」

「あはは。ごめんごめん。早いねクララは」

「ワタシの家、滝の近くだから」

「じゃあ、ここからすぐ近くなんじゃん」

そんな会話をしながら、剛志は二人分のチケットを券売機で購入し、一枚をクララに手渡した。

「あっ！」

二人が入場口で入場券を係員に手渡すと、係員の女性がクララを見て話しかけてきた。

「え～？　クララ、今日はデートォ～？　あら？　昨日クララの事を聞いてきた人ですよね？　そうかあ～、そういう事だったのね～。今日はイケメンの彼氏と楽しんでね」

「サチエ、サンキュ～」

クララがサチエに笑顔で手を振る。

「イケメンだって。モテモテだね、タケシは」

「からかうなよ」

「カラカウって？　牛の事？」

『時々不便だな』「ん～、おちょくるなって事。って、もっと分からないよな」

「タケシは牧場初めて？」

必死に〈からかう〉が何かクララに伝えようとしている横で、クララはすでに〈からかう〉の事はどうでもよくなっていたようだ。

ガクッとなる剛志が答える。

「子供の頃、両親に連れて行ってもらった記憶があるんだけど、憶えているのはず～っと向こうの方まで果てしなく続くだだっ広い原っぱだったたって事だけなんだ」

腕を目一杯前に出すゼスチャーを交えながらクララに説明する剛志。

「へえ～。タケシが子供で行った牧場って、ワタシのダディの牧場みたいなところなんだね」

「クララのお父さんも牧場をやってるのか?」

「そう。とっても広くて、ホライゾンまで見えるんだよ」

そう語るクララの顔は紅潮していた。

そんなクララの顔をボ～ッと見つめる剛志。

「ねえタケシ、牧場主のパターゴルフやろうよ?　楽しそうなんだよ～。今ならすぐに出来ると思うんだよ」

「ゴルフ?　牧場でゴルフね。ふ～ん」

「人気のアソビなんだよ」

「へ～、そうなんだ?　じゃ、やってみるかな」気のない返事でクララについていく

剛志であった。】

ここまで書いてこの日、五所川原は床に就いた。

翌朝五時半に起床した五所川原は、朝食を摂ると早速昨日の続きを書き始めた。

【三百～四百メートルほど歩いたところにそれはあったが、プレイしている人は誰も居なかった。

「牧場主のパターゴルフ、誰もやってないじゃんか」

ゴルフをする事に気が進まない剛志が、クララをからかうように話す。

「あの棒でテニスボールを打って穴に入れるんだ。楽しいよ～」

剛志の言う事など、意にかいさぬようにクララははしゃぐ。

「その説明だけだと、そんなに楽しそうには聞こえないなぁ」

「お！　いらっしゃい！　ん？　クララじゃないか。今日は休みじゃなかったのか？」

パターゴルフ場の端に建てられている小屋から出てきた、五十代後半と思しき男性がクララに話しかける。

「あ〜！　ゲンさん。今日はデートなんだ！」

「へ〜！　今日はデートなんだ」ゲンが剛志を舐めるように上から下まで見回す。

「あ、あはは。よろしくお願いします」

「いいねぇ。イケメンじゃないか。クララやるねぇ。クララが一緒って事は、ゴルフの説明はしなくてもオッケーだな」

「ゲンさんダメ！　ちゃんと説明だよ」クララがゲンに抗議する。

「よし！　じゃあちゃんと説明するか」

牧場主のパターゴルフについて、ゲンが一通りの説明を終えると剛志が二人分の料金を支払い、テニスボールと杖のようなスティック、それとスコアを書き込む為の用紙を受け取りゲームが始まった。

ホールはAコースとBコースにそれぞれ九個づつ、全部で十八ホール。

二人はBコースから始める事にした。

ゲンに渡されたスコア表に、それぞれのパーの数（規定打数）が書かれている。

＊パーの数とは、一つのホールでボールを打ち始める場所からホールまでに何回球を打てるかの数です。

＊この打数を0として、超えるとプラス何打という数え方になり、少ないとマイナス何打と数えます。

＊マイナスが多い方が勝ちというルールです。

プレイし始めた剛志とクララ。

剛志が先に打つ事になった。

パー三の第一ホールをパーで終えた剛志。

続くクララは二打でボールをホールに沈め、マイナス一打（バーディ）でのスタートとなった。

「お！　クララやるな」

「へへ～ん。実はワタシ上手いみたい」

第二ホールは二人ともパー。

次の第三ホールは、ティーグランドからホールまでの距離が百メートルくらいあるロングホールだった。

剛志の第一打。

強めに放ったショット。

球は若干フェアウェイの端寄りを力強く転がっていく。

グリーンへと向かって転がる球は、ホールが近付くに連れてそのコースを徐々にホールの方へと変え、小さくスコーンと音を立ててホールの中に消えていった。

自分の放った球の行方を見守っていた剛志が大きく手を挙げ「よっしゃー！」と叫ぶ。

「ワーオ！　アンビリーバボー！　スゴーイ！」クララも一緒になってはしゃぐ。

ハイタッチなどをして喜ぶ二人の心の距離が、これで一気に縮まっていった。

Bコースを終え、Aコースへと移る二人。

Aコースでは順番をチェンジして、クララが先に打つ事にした。

陽の光を浴び、地面に置かれた球を真剣に見つめるクララを見ている内に、剛志はクララと滝で出逢った時の事を思い出していた。

『今こうしてクララとゴルフをしている事も奇跡だけど、それはあの出逢いがあったからなんだよな。今この瞬間のクララのように、あの時のクララも陽の光を浴びて輝いていたっけ』

「タケシ？　ワタシのバン終わったよ。何をボーっとしてるの？　タケシ何だかイヤラシイ顔してたよ。もしかして、ワタシに惚れちゃった？」

「あ、あはは。そうだね。そうかも。クララと出逢った時の事を思い出していたんだ」

「そ、そう」そう言いながら顔を赤らめたクララであったが、剛志はその瞬間を見逃していた。

牧場主のパターゴルフを終えた二人はチケット売り場の方へと移動する。

「ねえタケシ。そこで牛の乳搾り体験が出来るんだよ」

「乳搾りか。初めてなんだよな。上手く出来るかな？　どうやるんだ？」

まもなく受付終了時間間際だったが、運よく次の体験に申し込む事が出来た。

乳搾り会場の司会者が一通りの説明を終えると、いよいよ実際に体験をするのだが、乳搾りなどとは縁の遠い生活をしていた剛志、説明を聞いても何をどうしてよいか全く分からない。

まず先にクララが手本を示すと、剛志は見様見真似で牛の乳を握った。

剛志が牛の乳首をありったけの力で搾ってしまったので、痛がった牛が思い切り体を揺すったのだ。

それに伴い、剛志が握っていた乳首がかなり激しく動いた。

そのせいで、剛志が搾った乳は剛志の顔めがけて噴射されたのだった。

「おわっぷ！」

牛の乳を顔面で受け、剛志はそう叫んでいた。

目をまん丸くしながらクララ「大丈夫？　そんな方法でミルクを直接飲もうとした人は初めてよ」

「いや、狙ってやったわけじゃないんだ」

こうして剛志の初乳搾りは終わった。】

『何だか剛志がコミカルなキャラになってきてしまったな』

この物語を書くにあたって、主人公のモデルを自分にしたのだが、自分が把握している自分の性格として、内向的で人付き合いが苦手だという部分を全面的に削除して、主人公はどこか影あるダンディなキャラクターという設定にしたはずだった川原田剛志が、物語が進んでゆく内にキャラ変していってるのだ。

『自分が気付いてないだけで、私って実は、こんなおちゃらけキャラな部分も持っているのかもしれないな』

そんな事を考えていると、沙優里との出会いから結婚、楽しかったあの頃の思い出が蘇り、五所川原の心は虚無感に支配された。

「やめたやめた！　余計な事を考えるのはやめだ！　今日はもう執筆もやめるぞ！」

誰に聞かせるでもない大きな独り言を呟き、五所川原はその日の執筆活動を終えた。


【クララとラインでつながっている剛志は、毎日クララと連絡を取るようになっていた。

牧場勤務のクララはシフト制勤務の為、休みが自由になる剛志がクララの休みに合わせてデートを重ねていった。

「いつもタケシがワタシの休みに合わせてくれるから嬉しいよ」

「俺は盆暮れ正月を入れても、年中無休で年中有給だからな」

「ヴォンクレ正月？　ネンシューームティームでネンシューーユウチュウって？　正月は知ってるけど、後のは何？」

「……。すごく忙しくなければ、自分でいつでも好きな日を休みに出来るって事だよ」

「フ〜ン。タケシは良いなぁ。ワタシも小説家なろうかな」

「クララは絵が上手いから、俺が書いた小説をコミックスにしてくれない？　小説よりもコミックスの方が断然収入が多いからさ」

「ワタシ、カートゥニストね」

「ん？　かーとにすと？」

「カートゥニスト。マンガアーティストの事だよ」

「漫画家の英語か。よろしく頼むよ、パートナーさん」

二人はそんな会話もするほどに親密な関係になってはいたのだが、事、恋愛関係かどうかと問われれば、未だに仲の良い親子のような関係だった。

事実、二人で並んで歩いているところを他人が見たら、そうとしか見えないだろう。

クララは煮え切らない剛志の気持ちにやきもきし始めていた。】

その日も早朝からパソコンと向き合う五所川原。

この作品の中で、主人公とクララが親しくなっていけばいくほどに、優里香の事が頭に過ぎり、本当にこれで良いのか？　という気持ちが増していった。

『そういえば、優里香もだし、悟志にしても元気にやっているのだろうか』子供達を気遣う五所川原の気持ちが、そのまま作品中の、剛志の気持ちにも反映されていく。

元々生真面目な性格の五所川原なのだが、それが全てに於いて良い事とは限らない。

妻や子供達に嫌われたのも、親たるものいつも完璧でなければならないというこの生真面目な性格が災いしたと言っても過言ではない。

見た目の穏やかなイメージとは裏腹に、意外と頑固なところもあるのだ。

この作品を書いている内に、その事を自覚し始め、それはいつしか自戒の念に変わっていた。

『たとえ頼りないと思われてしまったとしても、もっと人間味のある親でいれば良かったのかもしれないな。完璧を装おうとすればするほど矛盾が矛盾を生む結果だったからな』

五所川原のその思いが、その後の作品にも多大な影響を与えるほどになっていた。

それは、無関係の者が読んでも一見分からない言い回しになってはいるが、五所川原は作品中のところどころに、東京に残してきた家族に対する謝罪の言葉を織り込むようになっていた。

そして物語の中の、剛志とクララもすれ違いが多くなっていった。

【それはクララが二人の関係に業を煮やしていたある日、クララの休みに合わせて二人で沼津の漁港にクララの車で遊びに行った時の出来事である。

「ねえタケシ、タケシはワタシの事をどう思ってるの？」

それまで楽しげに会話を弾ませていたのだが、もうすぐ目的地に到着するというタイミングで、助手席に座るクララが真顔で不意にそんな質問を剛志に投げかけた。

クララの質問の意図を瞬時に理解した剛志は、突然投げかけられたクララの熱い想いに思わず急ブレーキを踏んでしまう。

後ろの車に追突されそうになり、クラクションを鳴らされるが、そのクラクションの音は剛志には聞こえてなかった。

「あぶねーじゃねえか！　バッカ野郎！」捨て台詞を残し、物凄い勢いで追い越していく車に頭を下げるクララ。

「あ、え？　ああ。どうって？　とても大切な人だよ」しどろもどろな感じで剛志が答える。

「そう」哀しげな表情でうつむき、たった一言声を発するクララ。

沼津港に到着し、コインパーキングに車を停めて港町を歩く二人だが、晴れ渡る青空とは裏腹に、二人の間には重苦しい空気が流れていた。

「あ、ねえ。見てみて。マグロのカマが売ってるよ」

重苦しい空気を変えようと話しかける剛志に、フフッと笑顔を見せるクララだが、影を纏ったその笑顔は剛志の煮え切らない態度に対する抗議以外の何物でもなかった。

結局、その日二人は無言のまま食事をし、帰りの車の中でも一言も言葉を交わす事はなかった。】

『何だかもう、クララが優里香と沙優里をかけ合わせた人としか思えなくなってきたな』

子供達の事が気になって気になって創作がおぼつかない五所川原。

『このシーンの最後は、二人は無言のまま別れるのではなく、クララに何かを言わせるか』

五所川原は最後の一節【帰りの車の中でも一言も言葉を交わす事はなかった。】という部分を書き換えた。

【結局、その日二人は無言のまま食事をし、帰路についた。

二人の乗った車はクララの家に到着したが、クララは車を降りようとはせず、車の中に留まっていた。

「クララ、どうした？　家に着いたぞ」

「ねえ、タケシ。ワタシこのまま家に帰りたくない」

戸惑う剛志を尻目に、クララが話し続ける。

「タケシはワタシの事アイシテル？」

口をパクパクとさせ、虚ろな表情の剛志を見たクララは「ゴメンね」と言って車を降りていってしまった。】

『まいったな。このままで良いとは思っていないけど。クララに心を奪われていけばいくほどに、彼女の姿が時折、娘の姿と重なってしまうんだよな』

五十代のオヤジが織り成す、爽やかで痛快なラブロマンスを書き上げる予定だった五所川原であったが、その目論見《もくろみ》が見事に潰《つい》えた瞬間だった。

『あ〜あ。何でこうなっちゃうのかなぁ。書き始める前に考えていたのとは全く正反対の結末に向かってまっしぐらじゃんか』

もうどうやっても、爽やかで痛快なラブロマンスに修正する事は出来ないほどの文字数を書いてしまっていたので、五所川原はそのままバッドエンドの作品にする事にした。

【あれからクララと連絡を取っていなかった剛志の元に、しばらく振りにクララからラインが来た。

《ねぇ、タケシ。今から安寧の滝に来れる？》

クララへの恋心は本物だ。

しかし時折、娘の姿を投影してしまう事もまた事実。

そんなクララとの関係に決着をつけないといけない。

今日クララに逢えば、自分の気持ちをはっきりさせられる。

そう考えた剛志は《行くよ》と返信をし、安寧の滝へと向かった。

安寧の滝の駐車場に着いた剛志。

駐車場にクララの車を見つけるが、辺りにクララの姿は見当たらない。

剛志は急いで安寧の滝へと向かうが、駐車場を出てすぐの広場、そう、剛志が初めてクララと出逢った場所でクララの姿を見つけた。

「クララ!」駆け寄って抱きしめたい衝動に駆られた剛志だが、振り返ったクララの顔を見た瞬間、その思いは吹き飛んでしまった。

またしてもクララの姿が娘と重なってしまったのだ。

「タケシ！」駆け寄るクララの肩を両手で押さえ、すがり付こうとするクララを制止する格好となってしまった剛志。

「タケシ……。何で？」今にも泣き出しそうな表情で困惑するクララ。

「クララ、ゴメン。何でこんな事をしてしまったのか……。君の事を愛おしく思えば思うほど、君の姿に娘の姿が重なっていくんだ」

「タケシ、あなたはワタシにあなたの娘の姿を見ていたのね。でもワタシは違う。あなたにダディの姿を求めたりはしていない。一人の男性として愛していた。あなたにも同じようにワタシを愛して欲しかった。でも、もう終わりにしましょう」

クララは剛志に背を向け去っていった。】

そして五所川原の新作は、書き始めた頃には全く思いもしていなかった結末と共に書き上がった。

『これで良かったのだ。話が進めば進むほど、別れてきた家族の事が気になって、浮かれ気分でラブロマンスなんて書けなくなっていく。今の私にこのテーマは向かなかったんだろうな。それにしても、みんな元気でやっているんだろうか？』引っ越し先を告げずに別れてきた家族の事を思い出し、ナーバスになる五所川原。

そしてそれから半年後。

【愛は陽炎《かげろう》のように】と命題された新作は発売された。

新作が発売されてから二か月。

それは初夏の頃の事。

発売間もないとはいえ今回の作品は、今までと違ってダウンロード件数は三千件ちょっとと伸び悩んでいた。

それというのも、ネット上での評判では〈主人公の気持ち分かるわー〉や〈まさかの恋愛お涙頂戴物。切ないストーリーが泣かせます。毎度良い意味で期待を裏切ってくれてますね〉などの比較的好意的な書き込みに対して〈ヒロインが可哀そう〉や〈なんだか途中から急に暗いストーリー展開になったから、最後まで読むのをやめてしまった〉〈今回の作品に限ってはちょっとガッカリです〉といった、マイナスな評価がかなり多かった。

その評判に関して、五所川原はある程度予想をしていたので、それほど深く気にはしていなかった。

一方、お蔵入りにしていたゾンビ物の執筆を再開していた五所川原だが、こちらはどうにも話がまとまらない。

『やはりゾンビ物は奥が深い。考えれば考えるほど深みに嵌まっていく。まるで底なし沼のようだ』

底なし沼から這い上がれなくなりそうな五所川原が、昼食にと庭でバーベキューの準備をしていると、どこからか「お父さん」と聞きなじみのある声がした。

五所川原が声のする方を向くとそこには、道路と敷地とを隔てる門の向こう側に立つ優里香の姿があった。

「お父さん、良かった、やっと会えた。私ね、ううん、いいの。ごめんね、お父さん」

「優里香、早かったね。見つけてくれてありがとう。良かった」

「それにしてもすごい家ね。小説に出てきたお家より規模は小さいけど、表札が出てなかったら通り過ぎちゃうところだったわ」

新作【愛は陽炎のように】を読んだ優里香、五所川原が住んでいるであろう場所に大体の目星を付けて、休暇を利用し、自分の子供と共に静岡県富士宮市に五所川原を捜しに来ていたのだ。

「志士夫《ししお》、お祖父ちゃんよ。お父さん、志士夫。今年五歳になるのよ。お父さんが引っ越して間もなく私、結婚したの」結婚の報告と共に、優里香は車の助手席に座っている長男志士夫を五所川原に紹介する。

初めて孫の存在を知る五所川原だが、本当に自然な感じでその事を受け入れられた。

「入っておいで」

五所川原は門を開け、車ごと敷地内に入ってくるように優里香に促す。

優里香は車に乗り、敷地内へ車を進入させると、門に近い場所に車を停めた。

車から降りた二人を、五所川原は先ほど準備を始めたバーベキューの場所へと誘う。

「二人共、昼は食べたのか？　バーベキューを始めるところだったんだ、良かったら一緒に食べないか？」

五所川原は半歩後ろを歩きながらついてくる優里香達に問いかけた。

「え？　バーベキュー？　食べたい食べたい。俺、お腹ペッコペコ」

志士夫が即答する。

五所川原は、物怖じしない志士夫の発言に思わず「ぷっ」と吹いてしまった。

バーベキュー用に組まれた窯の中の薪に火を点け、窯に網を乗せる五所川原。

やがて網が良い具合に熱せられると「待ってろよ。今、美味しいお肉を持ってくるからな」そう言うと五所川原は、家の中からパック詰めされたバーベキュー用の肉と食器類を持ってきた。

「うわ～！　美味しそ～う」五所川原に肉を見せられた志士夫のテンションが上がる。

「美味いぞ～」五所川原が肉を網に乗せると、ジュウーッという音と共に、何ともいえない美味しそうな匂いが志士夫の鼻を刺激した。

グゥ、グググゥ～と志士夫の腹が鳴る。

「ほら」志士夫に、焼き肉のタレが入った皿と箸を手渡す五所川原。

そんな二人のやり取りを、目を細めて見ていた優里香に五所川原が話しかける。

「みんなは元気か？」

「兄さんは元気よ。私が結婚した半年後に兄さんも結婚して、志士夫と同じ年の子と、二つ下の子と、男の子二人のお父さんよ。ただ、お母さんは……」そこまで話したところで、優里香は目を伏せた。

ハッとしながら五所川原「沙優里が、お母さんがどうかしたのか？」

「お母さん、認知症になってしまって……」声を詰まらせる優里香。

「ババちゃん、たまに俺の事を忘れちゃうんだぜ。この前も、俺の事見て『あら～、元気な子ね。気を付けて帰るのよ』だって」口の周りを焼き肉のタレまみれにしながら志士夫が主張する。

「私の事も、たまに忘れちゃうのよ。こないだなんか通いのお手伝いさんだと勘違いして『いつもありがとうございますね』なんて言われちゃったの。何だか悲しくなっちゃうわよね」優里香の声は、話の語尾が聞こえるか聞こえないか程度の大きさになっていた。

「そうか……」五所川原はうつむき加減で返事をした。

「最近お母さん、たっくんたっくんてね、たっくんの話ばかりするの。たっくんて誰なんだろうって思いながら聞いてたんだけど……」

「……。結婚する前、まだ私達が恋人同士だった頃にお母さんが、お父さんに付けたあだ名だ」

「うん。お母さんね、時折嬉しそうにたっくんの話をするの。出逢いの頃の話や、デートの時の話をしたり。それも、同じ話を何度も何度もよ。それくらい強烈に印象に残るほど楽しかったのね。お父さんとの恋人時代の思い出って」優里香が、穏やかな表情で優しい声で話す。

「出逢いの頃のお母さんは、お父さんにゾッコンでな。私達はラブラブだったんだぞ。それがいつの間にか……」柔らかかった五所川原の表情が強張った。

「お父さんの新作、読んだよ。とっても面白かった。特に主人公が富士宮市に引っ越して来てからの話が面白かった。奥さんと別れて、引っ越した先で五十歳過ぎて外国人の新しい恋人と出逢ってって設定には無理があるなって思ったけど、主人公の心が揺れに揺れて、真剣に思い悩む所とか、真面目で他人《ひと》を気遣ってばかりのお父さんそのもの。そんなお父さんの思いがひしひしと伝わってきたよ」

「そうか、六十近いおっさんが、二十歳以上離れた異国の女の子に惚れられる話は、やはり無理があったか。あれはお父さんの、願望丸出しの作り話だからな」しゅんとする五所川原。

「それと、双子で生まれてくるはずだった子供の話。あれ私も忘れていたのに、お父さんよくあんな事を憶えてたね」

「いや、私も忘れていたんだけどね。娘がバイクの免許を取る話を書いている時にふと思い出したんだよ」肉を網に乗せながら話す五所川原。

「そうなんだ。でもとっても優しい物語になってたね」

「物語を書いている内に、何だか子供達には嫌な思いばかりさせてしまったなって思いが込み上げてきてね。あの時もっとこうすれば良かったなんて考えながら書いたんだ」

「お父さん、色々あって、思うところもあると思うけど、お母さんに会ってあげて。お母さん、きっと喜ぶと思う」

五所川原「……」

優里香「……」

しばし考え込んでいた五所川原が口を開く。

「そうだな。お母さんとは、色んな気持ちのスレ違いがあったんだと思うよ。独りになって分かったのは、お父さんは実は、自分が考えていた以上にお母さんの事が好きだったんだって事だ。お父さんが高校生の頃、中学生だったお母さんの方から告白されて、何となくそのままの流れで付き合い始めて、プロポーズだってお母さんの方からだったから、お父さん、お母さんが喜ぶだろうという考えで結婚したつもりだったけど、お父さん本当はお母さんの事が好きで好きで結婚を決意したんだって」

黙って時折頷きながら五所川原の話を聞く優里香。

そんな優里香に、優しい口調で話し続ける五所川原。

「思えばお父さん、高校二年の時にお母さんに告白された時からお母さんにゾッコンだったのかもしれないな。楽しかった、輝いていた。お父さんの気持ちは、今もあの頃のままなんだって、お母さんと、沙優里と出逢って、お互いの気持ちを確かめ合った、あの頃のままなんだよ」

「お父さん」優里香は、目頭を押さえた。

「ジジ、うち来るの?」すっかり肉を平らげて、やる事がなくなった志士夫が話に割って入ってきた。

「おお、ははは。志士夫。今すぐじゃないけど、今度、志士夫の家に遊びに行くよ。そうだな、来週くらいかな」五所川原は志士夫の頭を撫でた。

「ねぇジジ、デザートはないの?」

「志士夫、もうそのくらいにしなさい。お腹壊すわよ」

「まあいいじゃないか。スイカがあるぞ、食べるか?」

「うん!」笑顔で答える志士夫。

家の中の冷蔵庫から、切ったスイカを持って五所川原が志士夫の所へ戻ってきた。

「ところで、優里香はいつまでこっちにいるんだ?」スイカを志士夫に手渡しながら、五所川原が優里香に質問をする。

「明日、帰る予定」

「そうか、今日は泊っていきなさいと言いたいところだけど、それだとホテルのチェックアウトとかあるから、ちょっと厳しいよな。何にせよ、近い内にお母さんに会いに行くよ」


一週間後の金曜日、夕暮れ時。

五所川原は車で悟志の家を訪ねていた。

「今日から一日、世話になるよ」着替えの入ったバッグを、悟志に通された部屋の隅の方へ置く五所川原。

「で？　母さんは？　沙優里はどこに？」

「今はデイサービスに行ってるよ。もうじき帰ってくる時間だ」

「そうか、もうじき帰ってくるか」

認知症になってしまった妻が、今の自分の姿を見ても分からないんじゃないか？　ふとそんな不安が五所川原の脳裏を過ぎる。

十七時十五分、悟志の家の前に車が停まる音がした。

〈ピンポ～ン〉

悟志の家の、インターホンが鳴った。

「はーい」悟志が対応をし、デイサービスのスタッフである事を確認すると、玄関ドアを開けた。

デイサービスの職員と悟志が何やら言葉を交わしている傍らで、別の職員にエスコートされ、車を降りる沙優里。

玄関前の様子を、玄関の奥で窺っていた五所川原の姿を確認した沙優里が「あー！」と大声を出し、五所川原を指差した。

突然の出来事に怯む五所川原。

「たっくん！」五所川原を指差しながら、歓喜の声を上げる沙優里。

沙優里は、エスコートをしてくれていた職員の手を離し、一目散に五所川原の元へと向かった。

「たっくん。ずっと逢いたかったのに。ねえ、今までずっと、どこに行ってたの？」

今にも泣き出しそうな表情で五所川原に詰め寄る沙優里。

一瞬沈黙の五所川原。

「沙優里、寂しい思いをさせてごめんね」五所川原は沙優里の手を優しく握った。

「ううん、いいの。ちゃんと戻ってきてくれたから」沙優里が、無邪気な笑顔を五所川原に見せる。

「沙優里」前もって優里香に聞かされていたとはいえ、良い意味で離婚前とはあまりに違う妻の態度に戸惑う五所川原。

「ねえねえたっくん、聞いて」五所川原の手を引き、リビングへと向かう沙優里。

悟志がデイサービスの職員と話を終えリビングに向かうと、楽しそうに五所川原と話す沙優里の姿が目に映った。

「あ、悟志さん。この方がたっくん、私の彼よ。ハンサムでしょ？」リビングに入ってきた悟志に、笑顔で五所川原を紹介する沙優里。

「母さん、また俺の事を忘れてしまったようだな。自分が生んだ子供の顔を忘れてしまうなんて。今は俺の事を誰だと思っているんだろう？」今にも泣き出しそうな表情で、五所川原に愚痴を吐露する悟志。

「それでも、私の顔は憶えていてくれた」五所川原は、悟志とは正反対の、安堵の表情を浮かべていた。

「俺も、それだけは安心出来た」悟志の表情が少し緩んだ。

この日の夕飯時。

沙優里が昔話に花を咲かせる食卓で、不意に五所川原が神妙な面持ちで話し始めた。

「悟志や優里香には子供の頃、厳しく当たり過ぎてしまった事、今さら反省しても遅いけど、許してもらえなくても、謝らせて欲しい。申し訳なかった」

頭を下げる五所川原。

少しの間、何かを考えていた悟志が口を開いた。

「あの時はすごく嫌だった。なんで俺がこんな理不尽な事を言われたりされたりしなきゃならないんだって思ってた。でも自分が親になってみて、初めて理解出来る事もあったよ。当時は意味も分からず憎んだ事もあったけど、親だもん、感情だけで怒られた事もあったと思うけど、その根底にあるのは愛情だったのかもしれないって今は考えられる。優里香もそう言ってたぜ」そう言って、もう自分達にわだかまりの気持ちがない事を五所川原に伝えた。

「ありがとう」

そんな五所川原と並んで、楽しそうに食事をする沙優里。

悟志の妻・理恵《りえ》が悟志に話しかける。

「こんなに楽しそうなお義母さん、初めて見たわ」

「ババちゃん、お家ではいつもおっかない顔だもんね」

悟志の長男・翔《かける》が理恵の話に合の手を入れる。

「みんなには迷惑をかけてしまったね」食卓に向かって、再び頭を下げる五所川原。

「そんな……、迷惑だなんて……、母さんだし……」

「悟志、ありがとう。父さん色々考えたんだけど、本人が承諾してくれれば母さんを、沙優里を静岡に連れて行こうと思うんだ」

突然の提案に、戸惑い顔を見合わせる悟志と理恵。

そんな二人を他所《よそ》に、話を続ける五所川原。

「今まで沙優里の面倒を見てくれた二人には感謝しても感謝し切れないけど、悟志には悟志の生活があるだろう。私なら、今は気楽な独り暮らしだし、沙優里が来ても、寝泊まりする場所くらいならある。しがない小説家とはいえ、食べていくに事足りるだけの収入もあるし、何より今の仕事なら出勤する事がないから、四六時中沙優里と一緒に居られるからな。向こうは空気も良いし、のんびり過ごせるし」

「そりゃ、二人がそれで良いなら、俺達に異存はないけど……」

悟志の、その言葉を聞いた五所川原が、食事をしている沙優里の方へと向いた。

五所川原が自分の方へ身体ごと顔を向けたので、食事をしていた手を止め、五所川原の方へ顔を向ける沙優里。

五所川原は沙優里の手を優しく握り語りかける。

「沙優里。長い間、寂しい思いをさせてごめんね。二人で住む家を見つけたから、一緒に住まないか？　私と結婚して欲しい」

五所川原のその言葉を聞いた沙優里、瞳を潤ませ「はい」と一言。

「あ、いやいや。ここで公開プロポーズかよ。まぁ、めでたいから良いけどね」

困り果てた顔で、しかし笑いながら五所川原に抗議をする悟志。

「ありがとう。沙優里の準備が出来次第、二人で静岡に帰るよ」

「母さん、良かったね。お幸せに」

「皆さん、ありがとう」

「全く！　今日は最後まで俺の事を思い出さないままなんだな」

その日は悟志の家に泊まり、翌土曜日に優里香の家を訪ね、昨日あった出来事を説明し、五所川原と沙優里は静岡へと帰っていった。

帰りの車の中、楽し気に昔話をする沙優里。

デイサービスではどんな事をしていたのか?など、最近あった出来事を五所川原が訪ねても、沙優里は首をかしげて何も答えられなかった。

『これも認知症の症状なのか?』

認知症について、物忘れがひどくなるという程度の認識しかなかった五所川原、沙優里の反応に少々の驚きを隠せないでいた。

「ねえねえたっくん。それでね……」

五所川原がした質問を、まるでなかったかの如くスルーし、楽し気な笑顔で五所川原もすっかり忘れていた昔話までをも饒舌に話し続ける沙優里。

『まあ沙優里が楽しそうだから、それで良いか』

翌日の朝、五所川原が目を覚ますと、隣で寝ていたはずの沙優里の姿が見当たらなくなっていた。

ベッドから飛び起き、慌てて沙優里を捜す五所川原。

『敷地の周りには、敷地の外と内を隔てる囲いがしてあるし、門は内側からも暗証番号を入れないと開かないようになっているから、外に出て行ってしまったという事はないはずなのだけど』

家の中を一通り見て回り、五所川原が庭に出た時、建物の近くに生えている大きな木の下で椅子に座ってまどろんでいる沙優里の姿を発見した。

「沙優里。良かった」

安堵する五所川原に気付いた沙優里。

「あ！　たっくん。ここ、凄く気持ち良いのよ」

木漏れ陽の中、パジャマ姿でそよ風に吹かれながら沙優里が笑顔を見せる。

「おお、気持ち良さそうだね。よし、私も」

五所川原は沙優里の隣に椅子を並べて座った。

「風が気持ち良い」上機嫌の沙優里。

「だね。これ、今流行りの言い方をすれば〈木漏れ陽ング〉とでもいうのかな」

「こもれびんぐ?」首をかしげる沙優里であった。

考え事をするような表情の沙優里を優しく見守る五所川原。

「ねえ沙優里」

「なあに? たっくん」

「次からは、朝起きて部屋を出る前に私に声をかけて欲しいんだ」

「うん。分かった」

笑顔で答えた沙優里だが、次の日の朝も五所川原が目を覚ますと沙優里の姿は見当たらなくなっていた。

『また庭で日向ぼっこか』

しかし、庭に沙優里の姿はなかった。

『今日はどこだ？』

沙優里は地下のカラオケルームのソファーで寝ていた。

「沙優里」

「あ、たっくん。あれ？　ここどこ？　私、お家に帰らなきゃ」

「沙優里、私達はここに引っ越して来たんだよ。今はここが私達の家なんだ」

「私、お家に帰らなきゃ」

「……。そうだね。もう少ししたら帰ろうか。でも、せっかく来たんだから、もうちょっとここに居ようね」

認知症について色々と調べ始めた五所川原。

こんな時、強引に相手を説得しても不穏な状態になる事を学んでいた。

さらに、その手記には《このような状況になった場合は相手の主張を受け入れ「せっかく来たんだから、もうちょっとここに居ようよ」などの対応をしてみましょう》と書かれていたので、五所川原はその対処法に従って沙優里に返事をした。

ちょっと考えて「うん」と沙優里はうなずいた。

そんなやり取りの後、昨日の朝したのと同じ約束を沙優里にお願いしようとした五所川原が何かに気付く。

『いや、沙優里が約束を忘れてしまうのが認知症のせいだとしたら、何度口で同じ約束をしても無駄だという事だな。よし』

五所川原は《部屋を出る時にたっくんが寝ていたら、部屋を出る前に必ずたっくんに声をかける》とA四判の紙に書いて「これを寝室のドアに貼っておくから、必ず守ってね」と沙優里にお願いをした。

それからは、たとえ夜中であろうとも、沙優里は部屋を出る時には必ず五所川原に声をかけるようになったので、五所川原が目覚める前に沙優里がどこかへ行ってしまう事はなくなった。

それから数日後の大安の日。

五所川原は沙優里と二人で役所に婚姻届けを提出しに行った。

沙優里が五所川原と一緒に住むようになって半月が過ぎた。

そんな中、引っ越して来てからというもの、日がな一日中家に居て、パソコンに向かって何やら作業をしている五所川原を不思議に思っていた沙優里。

「ねえ、たっくん。今日はお仕事お休みの日なの？」

「沙優里、私は小説家になったんだ。だから、ここが今の私の仕事場なんだよ」

「え？　素敵！　じゃあ、これからはずっと一緒ね」

それからの二人は、周辺の地域でもおしどり夫婦と言われるほどの仲の良さで、どこへ行くのも一緒だった。

東京に住んでいた時の、離婚前には考えられなかった光景だが、どこへ行っても二人手をつなぎ歩く。

「今日は八宝菜を作ろうか」

五所川原は料理をする時、必ず沙優里と一緒に厨房に立つようにしていた。その際に、見守りながらではあるが、沙優里にも包丁を持たせて簡単な食材のカットなどをしてもらっている。

ただし、魚の三枚おろしなど、ちょっとした技術の必要な物は五所川原がやるようにしていた。

「たっくんって、実は料理上手だったのね」

「ああ、自分でも驚いてるんだ」

「頼りになるぅ」

喜ぶ沙優里の顔を見た五所川原が、照れて顔を真っ赤に染めた。

「あ～！　たっくん照れてる。かわい～い」

さらに照れ照れになり、真っ赤っかになる五所川原であった。

昼食を済ませて一時間半ほどが経った頃。

「ねえ、たっくん。そろそろご飯にしましょうよ」

沙優里は時折、食事をしたのを忘れてしまうのだ。

「お？　お腹空いたか？　よし、じゃあ一緒に作ろうか」

この症状についても学んでいたので《決して「今食べたばかりだよ」と言わない事》
《食事の回数が増えてしまうから、身体の事を考えて一回の食事での摂取カロリーを減らす事》などで対応していた。

「たっくんと一緒に作るの楽しい！　でも、ちょっとしか作らないのね」

「私は最近、ダイエットをしてるからね。沙優里も一緒にしない？　ダイエット」

「うふふ。じゃあ私も、一緒にダイエットしようかな」

毎回同じ反応をする沙優里に、毎回同じ笑顔で答える。

沙優里は食事をした事をすっかり忘れてしまっている。

完全に忘れてしまっているなら、本人にとってはなかった事なのである。

だからいくら「さっき食べたでしょ」と説得をしても本人は納得しないのだ。

そんな沙優里に対して、五所川原は決して否定的な言葉を言わないし、事の原因が沙優里にあるという事も言わないと心に決めていた。

五所川原は最近、自身が取材に出かけなければならない状況になった時に、沙優里を一人に出来ないだろう事について考えを巡らせている。

『その時だけ臨時で介護施設にお世話になるのもなんだし、何日も沙優里を施設に行かせるのは私の気持ちが許さない。そもそも臨時の介護施設自体があるのかも不明だし。やはり取材に行く時も、沙優里を一緒に連れて行った方がいいと思うんだよな。一人で行くなら何かあっても、寝泊まりするところも野宿だろうがどうにでもなるけど、沙優里が一緒となるとさすがにそうはいかないだろうから、やはり車を買い替えるか』

五所川原は、急に帰れなくなってしまったのに宿泊施設を確保出来なかった時などの対処法として、車を普通サイズのワンボックスカーをベースとしたキャンピングカーに買い替えた。

その車の中身は完全オーダー式で、リモコンキーでドアの施錠開錠を行うのであるが、内側からであってもリモコンキーで施錠開錠の操作をしないと、ロックを解除出来ない仕組みになってる部分は五所川原が一番こだわったところだ。

ただし、車内に閉じ込められてしまうという万が一の非常事態に備えて、五所川原は電車やバスで見かけるような非常用開錠レバーを車内の扉の一か所に設置した。

そして念を入れ、車の全ての扉の内側にも《部屋を出る時にたっくんが寝ていたら、部屋を出る前に必ずたっくんに声をかける》という貼り紙をした。

キャンピングカーが納車になった日。

「わ〜！　中がお部屋みたいで面白い車ね。お料理も出来るんだ？」車に乗り込み、内装を興味津々と見回す沙優里。

「これをこうすると、ベッドになって寝られるようになるんだよ」五所川原は後部座席を外して、就寝出来る状態にしてみせた。

「あ〜！　すっごーい！　早くこれでお出かけしたいね」

「しばらくは取材に行かないから、この機能を使う予定はないけどね。車のキッチンで料理をする程度なら、庭でキャンプ気分でやってみるか」

その日は二人で、庭でキャンプ気分を楽しんだ。


それはある初秋の昼下がりの事。

五所川原がパソコンに向かって執筆をする傍らで、退屈しないようにと五所川原の仕事場に買ってきた二十九インチのテレビモニターで、これまた買ってきたローマを舞台にしたプリンセスと新聞記者との束の間のラブロマンスを描いた外国の映画を、瞳を煌めかせながら夢中で観ている沙優里。

『大好きな映画なんだろうけど、毎日飽きずに新鮮な気持ちで観てくれるから、ソフトが増えなくて助かるよ』

映画のエンドロールが流れ始めると、五所川原のスマホの目覚まし機能が起動した。

「あ、映画が終わったのか」

五所川原が映像録画再生機器からソフトを取り出していると「たっくん、お腹空いた」と沙優里が言い出した。

『まだ三時か。昼食が終わってそんなに時間が経ってないから、私はそんなに腹減ってないんだよな』

「沙優里、今日は外に食べに行かないか？」

「え？　ホント？　素敵」

「それじゃ、ちょっと準備をするからこれを観て待ってて」

「うん」と沙優里はうなずき、先ほど観終わったばかりの外国映画を再び観始めた。

執筆がひと段落したところで沙優里に声をかけると、沙優里はお腹が空いた事を忘れていた。

「ちょっと待って、このお話、まだ終わってないみたいなの」

「沙優里はお腹空いてない？　私、今日は何だか疲れちゃったから、外に食べに行こうと思ってるんだけど、どう？」

「え？　ホント？　素敵！」まるで今初めて聞いたばかりの反応で喜ぶ沙優里。

「お話の続きは、帰ってきてからにしようね」

車で鉄板焼き屋へ向かう二人。

平日水曜日のまだ早い時間だからか、通された座敷には五所川原と沙優里以外に客の姿はなかった。

「空いてて良かったね」

笑顔で「うん」とうなずく沙優里。

ウーロン茶を二つと豚玉お好み焼きを注文する。

「ねぇ、たっくん。初めて二人でもんじゃ焼きを食べた時、たっくん作り方が分からなくて、いきなり器の中の物を全部鉄板に落としちゃって、汁がほとんど鉄板の外に流れていっちゃって、ただの肉野菜炒めになっちゃったんだよね」

「それ、私が十九歳の頃の事じゃんか。もう忘れてたけど、思い出しちゃったよ。店員さんが持ってきたもんじゃ焼きの元？　器に盛られた状態の見た目がお好み焼きのそれと同じようだったからさ、作り方も同じだろうと思ってやっちゃったんだよな」

「あの時のたっくんの顔、とっても面白かった」

三十年以上も昔の記憶を辿って話をする五所川原に対して、まるでつい最近の出来事であるかのように話をする沙優里。

「ようし！　今日リベンジするぞ。もんじゃ焼きを頼もう」

注文を済ませた五所川原はスマホを取り出した。

「もしもあの時にスマホがあったら、あんな失敗はしなかったんだろうけど、この笑い話もなかった事になっちゃうんだよな」

もんじゃ焼きが運ばれてくるまで、五所川原はスマホの動画でもんじゃ焼きの作り方を学んだ。

「汁と具を別々に焼くんだね。まずは具だけを鉄板に落としてヘラで具をたたき切るように小さく刻みながら炒める。その具で円形の土手を作って、土手の真ん中に汁を流してしばらく放置。汁がぐつぐつとしてきたら具と混ぜて平らに仕上げて出来上がり。か」

「わ〜！　この人、作るの上手。とっても美味しそう」

五所川原が観ているスマホの動画を、五所川原の肩にもたれるような姿勢で覗き込む沙優里。

そうこうしている内に、注文したチーズ明太もんじゃが運ばれてきた。

先ほど観た動画を思い出しながら、五所川原はもんじゃ焼き作りに奮闘した。

「どうだい？　立派なもんだろ？　もうちょっとぐつぐつしてきたら食べられるよ」

「わ〜！　たっくん上手。美味しそ〜」

「熱いから、気を付けて食べるんだよ。そしたら、こっちのお好み焼きは沙優里に焼いてもらおうかな」

「え〜？　たっくん、焼き方教えて〜」

「ん？　まずはこうやって、油を薄く引いてだね……」

ここでもある程度は手伝うが、決して沙優里が出来る事まで自分がやらない。

「よし！　ここでこのヘラを使ってお好み焼きをひっくり返すんだ」

「えい！」

「お〜！　上手い上手い！」

一生懸命お好み焼き作りをする沙優里を見守る五所川原であった。


沙優里を取材旅行に同伴させる為にキャンピングカーに買い替えた五所川原だが、認知症という事を考えるとなかなか取材旅行に出かけられないでいた。

しかし、創作をする為の見聞を広げるには、やはり実際に現場に足を運ぶ事は欠かせないのである。

『まだ晩秋の頃だから、取材に出かけるには丁度良い季節なんだがな。沙優里の事を考えると、どうしても踏み切れないんだよな』

それでも、ネットで調べた資料と創造力だけではどうしても限界があるので、五所川原は意を決して取材旅行に出かける事にした。

「素敵」助手席の窓から、流れる景色を楽しむ沙優里。

『やはり出かけて良かったな』そんな沙優里の笑顔を見て安心する五所川原。

今回の作品は東伊豆町の港町が舞台になっているので、稲取を目指す。

国道百三十九号線から国道一号線を通り、国道百三十六号線に右折して国道四百十四号線につないで天城越えの後、県道十四号線を走って国道百三十五号線から東伊豆町に入るルートを選んだ。

「たっくん、見て見て。富士山おっきい」

家を出発して間もない、富士宮市内の国道百三十九号線を走っていると沙優里がまだ雪化粧前の富士山を指差してはしゃぐ。

しばらくは楽し気に景色を見ていた沙優里だが、急に静かになったと思ったら「ねえたっくん、ご飯まだ？」と言い出した。

一時間半程前に朝食を終えたばかりなのだが、一回の食事量を減らしているので、今回は五所川原もお腹が空いてきているのも確かなのだ。

「よし、美味しいものが食べられそうなお店があったら入っちゃおっか」

沙優里の関心がご飯から逸れてしまう前に、五所川原はそんな提案をした。

「うん、入っちゃおっか」沙優里がニコニコしながら五所川原の真似をする。

それから十五分ほど、天城峠に差し掛かる手前の道路沿いに食事が出来る店を見かけると、五所川原は車を駐車場へと入れた。

「よし、ここで食事にしよう」

「よし、食事にしよう」最近の沙優里のマイブームなのか？　今日はやたらと五所川原の真似をする沙優里であった。

『まあ機嫌が良いのなら、それもまた良しかな』

食事を終え、いよいよ目的地に向かって天城越えをする。

稲取の港町に到着すると、町をぶらぶらしながら時折小さなノートにメモを取る五所川原。

そんな五所川原の行動を不思議に思っていた沙優里が「何を書いてるの？」と五所川原に尋ねる。

「ああ、これ？　今書いている小説のネタになりそうな事をメモしてるんだよ」

「ふ~ん」五所川原の返答に、全く関心のないといった反応をする沙優里。

しかし次の瞬間「見せて」と言って沙優里は五所川原に向かって手を差し出した。

「え？　これ？」戸惑う五所川原。

「ね~え、見せて」

「仕方がないな」

五所川原は今書いていたページを開いたままノートを沙優里に手渡した。

沙優里は見開かれたページをざっと見ると、つまんなかったとでも言いたげな表情で「はい」と言ってノートを五所川原に返した。

『小説のネタ帳だからな、大して面白くもなかったんだろう。すぐに飽きてノートを返してくれて助かったよ』

五所川原はそのノートの後ろから、今回の取材旅行における沙優里の行動や言動などもメモしていたのだ。

『それを見られたら厄介な事になってたかもしれないと思うと、ほっと一息だ』

五所川原はその日、沙優里が寝た後に認知症の妻と行く取材旅行記という内容で二千五百文字程度のエッセイを書き上げた。

『さて、書いたは良いけど、原稿用紙十枚ない程度のこれ、どうするかな』

ふと、以前【F　～ビヨンド・ザ・サクセス～】を投稿した、小説が無料で読めるサイトの事を思い出した五所川原。

『そういえば、出版契約を結んだのを機に、題名に《筆者版》と付け加えたまま放置してたな。どうなっているかちょっと見てみるか』

サイトの自分のページを開いてみると、【F　～ビヨンド・ザ・サクセス～［筆者版〕】は閲覧数が五万を超えていた。

『わ！　こんなに多くの人が読んでくれてたんだ。しかし、改めて読み直してみると恥ずかしくなるような文章だな。こんな作品にも、こんなにも多くの人がコメントを付けてくれてたなんて。しかし余りにも多すぎて、もう全部には返事出来ないな』

五所川原はこのサイトに、先ほど書き上げたエッセイに【認知症の妻とキャンピングカーで行く凸凹取材旅行記・二】と命題して新規で投稿した。

しかし、何年も更新をしていなかったので、エッセイを投稿してから一日～二日ほどは誰にも気付かれず、閲覧数がゼロだったが、気付いた人がＳＮＳで〈月夜野晩爺のエッセイが無料で読める投稿を発見！〉と呟いた為、たちまち評判になった。

掲載サイトでの反応の中には〈認知症の妻と行くっていう題名はいかがなものか？〉という意見もあったが、五所川原は認知症の事をもっと世間に広く知ってもらいたい、認知症になってもマイナスな事ばかりではないと発信する為、敢えてこの題名にし、無料で読めるサイトに投稿したと返事をした。

この返事を読んだ投稿者が感銘を受け、この返事を拡散した事により、五所川原のこのエッセイは大人気となった。

「続きは当社から出版致しませんか？」数件の出版社からそんな依頼が来た。

「今回のエッセイはより多くの人に読んで頂きたいので、あくまで無料で読める事にこだわってます。申し訳ありませんが……」

この返答に、ほとんどの出版社が出版を見送る中、一社だけ「では今回のエッセイについてのインタビューという形ではどうでしょう？」とのラブコールを送ってきた会社があった。

五所川原は「インタビューならば」と快諾した。

インタビューの中で、改めて五所川原は「今回のエッセイは認知症の事をもっと世間に広く知って頂けたら」

「ほんのちょっとでも良いので、認知症のご家族を介護している人達のお役に立てる話が書ければ」

「認知症になってもマイナスな事ばかりではない事が発信出来れば」

「より多くの方に読んで頂きたいという気持ちから、今回のエッセイは出版という形ではなく、無料で読めるサイトに投稿という形にこだわってます」そう答えていた。

「色々と大変な事もあるんじゃないですか？」とのインタビュアーからの質問があったのだが、これに対しては「幸いにも私の仕事は、取材という行為を除けば全て自宅で完結出来る仕事なので、四六時中妻と一緒に居られるので大変助かってます。もちろんお勤めの方はそうはいかないので大変な思いをしてらっしゃる方もいると思います。そんな方々にも、ほんのちょっとでも良いのでヒントになれば、ほんのちょっとでも良いので私のエッセイが何らかの形でお役に立てれば、私は大変嬉しく思います」そう答えた。

このインタビューの内容も、五所川原たっての願いにより無料で読める記事として出版社の広報誌に掲載された。

もちろん五所川原は、今回のインタビューの出演料等は一切受け取らなかったのだ。「その代わり」と、ある程度エッセイが回数を重ねられたら、今回インタビューを受けた出版社からエッセイ集として出版する事を五所川原は約束した。

このエッセイの元になる取材旅行は、一か月に一回程度行っていたのだが、もっと発信をしていきたいとの意欲から、エッセイが六回を超えた頃から五所川原は、日常で起きるちょっとした出来事も日記形式でサイトに投稿するようになっていた。

そしてこのエッセイが二十回を数えた時、エッセイ集として出版される事が決まった。

エッセイ集には、五所川原が投稿してきた旅行記や日常を綴った日記に、医者や介護の専門家などが解説や見解を付けてより詳しく認知症について説明を行っており、認知症についてより分かりやすい内容となっていた。

無料で読めるサイトに投稿されているはずなのだが、発売されるや【認知症の妻とキャンピングカーで行く凸凹取材旅行記と二人の絵日記】と命題されたエッセイ集は人気を博した。

ちょっと買い物に行くのにも手をつないで仲良く歩く二人の評判は、静岡県のみならず、全国でも有名なおしどり夫婦となっていた。

その年の十二月、五所川原は近くにある湖で催される花火イベントに夫婦でゲストとして呼ばれていた。

花火大会で尺玉が上がるとかなり大きな音がする。

認知症の人がその音を聞いたとたん、驚いて不穏になる事があるのだが、五所川原はこの事についても対処法を学んでいた。

《花火大会の時、尺玉が上がると大きな音がする》という事を事前に認識してもらうのだ。

五所川原は沙優里にその事を認識してもらう為のきっかけとして「冬に開催される花火イベントとはまた乙なもんだね。沙優里、憶えてるかい？　昔に二人で見に行った花火大会の事」と沙優里に問いかけた。

「たっくんとは何度か行ったわよね？」

「おっきな花火って……」と五所川原が話しだした時。

「たっくん確か、初めて行った花火大会で花火の音に驚いて飛び上がったのよね」沙優里が五所川原の話を遮った。

「……。そういう事は憶えてるんだな」

「今日は飛び上がらないでね」沙優里がふふふと笑う。

「花火が上がりま～す」というスタッフの声で、花火大会が始まった。

ドーンと音を轟かせ、夜空に舞い上がる花火を見上げる五所川原。

同じく花火を見上げ、ニコニコと笑顔を見せる沙優里。

「ひゃ～！　やっぱりおっきい音ねぇ」

笑顔で話しかける沙優里と顔を見合わせる五所川原。

「やっぱり間近で見る尺玉は迫力が違うね」

『ようやく私は、本当の幸せを掴めたのかもしれないな。何があっても私の事だけは忘れないでいてくれる沙優里。いつも私の隣で無邪気に笑う沙優里の、この笑顔を私はこれからもずっと守っていくのだ。そんな私は、今まだ夢の途中』

〈著者紹介〉

一ノ井亜蛮（いちのい あばん）

半世紀以上の歳月を、プライベートではマンガしか読んだ事のない、大型トラックの運転手を生業にしているおじさんが二作目の小説を出版しちゃいました。

日常的な物語から非日常的な物語まで、現在までに書き上げた作品は未発表の物も合わせると十作以上で、現在もアイディア続々噴出中。

初めて書いた小説『ファンタズマ』が現在、電子版にて好評配信中です。

夏はモヒカンの筆師。

どうぞよろしくお願いいたします。

夢《ゆめ》の途中《とちゅう》

2023年11月30日　第1刷発行

著　者　　一ノ井亜蛮
発行人　　久保田貴幸

発行元　　株式会社 幻冬舎メディアコンサルティング
〒151-0051　東京都渋谷区千駄ヶ谷4-9-7
電話　03-5411-6440（編集）

発売元　　株式会社 幻冬舎
〒151-0051　東京都渋谷区千駄ヶ谷4-9-7
電話　03-5411-6222（営業）

印刷・製本　中央精版印刷株式会社

検印廃止

Printed in Japan
ISBN 978-4-344-94651-4 C0093
幻冬舎メディアコンサルティングＨＰ
https://www.gentosha-mc.com/